JN091248

ポエジィとアートを連絡する叢書

未明

02巻

きみたちは知っている。友らよ、ぼくも知っている。
詩も、シャボン玉とおなじで、
まっすぐ昇るのもあり、だめなのも、ある。

ウンベルト・サバ「終わりに」須賀敦子訳『ウンベルト・サバ詩集』より。

山本昌男 + 木村朗子

YAMAMOTO Masao + Akiko KIMURA

すべては内に

Free at last

木村朗子（きむら・あきこ）
カラー写真　p.2, 5, 6, 9, 12

1971年茨城県日立市生れ。
小学生のときに父のカメラを使い撮影を始める。
立教大学社会学部を卒業後、会社勤務の傍ら写真制作を開始。横浜市在住。
http://roof-8.com/
2018年『うちなる光 -stillness- 木村朗子・山本昌男の２人展』evam eva yamanashi（山梨）
2017年『f』ニコンプラザ（東京・名古屋）
2016年『i -clouds reaching the heavens-』Gallery Speak For（東京）
2014年『i -croatian blue-』Gallery Speak For（東京）
2011年『i』das foto（ベルリン）
2008年『Link』山田朗子、PRINZ（京都）
2007年『Link』山田朗子、KODAK photo salon（東京）
2005年『閑』山田朗子、Go Slow ゆっくりとカフェ／世田谷ものづくり学校（東京）

山本昌男（やまもと・まさお）
モノクロ写真　p.4, 7, 11, 13, 14

1957年愛知県生れ。16歳より写真を撮り始め、絵画の勉強を経たのち、写真技法（主にゼラチンシルバープリント）による作品発表にいたる。94年のサンフランシスコでの発表を皮切りに、96年Yancey Richardson Gallery、ニューヨークでの個展開催。以降継続的にアメリカ市場に於ける展示。06年よりヨーロッパに於いても活発な展示活動を開始。欧米日本のみならず、モスクワ、サンパウロでも展示開催。NYタイムス他アート雑誌などのメディアにも多数掲載。現在、山梨県の八ヶ岳南麓に在住し、自然に囲まれた環境にて制作活動を続けている。
http://www.yamamotomasao.jp/
2017年『鳥』ギャラリー・カメラオブスクラ、パリ
『鳥』ギャラリー・モダン、ミュンヘン
2016年『鳥』ヤンシー・リチャードソン・ギャラリー、ニューヨーク
『小さきもの、沈黙の中で』チェントロ・ニメイヤー美術館、スペイン
『小さきもの、沈黙の中で』トニー・カタニー・ファウンデーション、マヨルカ島
2015年『小さきもの、沈黙の中で』ギャラリー・フィフティワン、アントワープ
『川』ジャクソン・ファイン・アート、アトランタ
『小さきもの、沈黙の中で』ミヅマ・アート・ギャラリー、東京

“すべては内に” その気づきから“Free at last”へ。それは心の開放。人は本来の自由に身を委ねる楽しさを知ることになる。海にプカプカ浮かんだりまとわりつく風の心地よさのごとく。二人の表現者のエネルギーの融和が人々を、それぞれの地点へと誘うことを願っています。

構成　山本玲子

02

谷川俊太郎

Shuntaro TANIKAWA

見えない疑問符

A Second Book of Bird S
for Children
Words and Music
by
W. B. OLDS
Price, $2.50 net
G. SCHIRMER
NEW YORK
BOSTON

戸棚の奥に箱があった
記憶にない箱である
安っぽい金属でできている
昔の弁当箱だろうか
開けてみた　空っぽだ
だが何か入っている気配…

目をつぶって
空っぽを心で見つめた
空っぽが私に何か
問いかけている
言葉じゃない

空っぽそのものが
どうする？
と私に向かって言っている
どうすればいいんだ
何故かうろたえた

どうした？
と死んだ親父が
草葉の陰から現れた
空っぽの箱に
見えない？が
こびりついているのを知って
ほっとけと言って消えた

あの世に行ってしまった父は
この世からすると
無責任だ
この詩？にオチはない

谷川俊太郎（たにかわ・しゅんたろう）

詩人。1931年東京生まれ。

1952年、処女詩集『二十億光年の孤独』を刊行。

以後、意欲的な写真詩集『絵本』（'56 的場書房）、『夜中に台所でぼくはきみに話しかけたかった』（'75 青土社）、『定義』'75、『コカコーラ・レッスン』'80、『世間知ラズ』'93（いずれも思潮社）、散文詩集『アダムとイブの対話』（'62 実業之日本社）、『自選谷川俊太郎詩集』（2013 岩波文庫）など、詩集だけでも膨大な著作数にのぼる。

また翻訳／絵本／評論／脚本／作詞も手掛け、1962年「月火水木金土日のうた」では第4回日本レコード大賞作詞賞を受賞。翻訳ではスヌーピーのピーナツブック・シリーズの他、『マザー・グースのうた』全5集（'75-76 草思社／のちに講談社文庫）などがある。絵本は和田誠とのコンビで数多くのヒットを生む。

2018年、東京オペラシティアートギャラリーにて『谷川俊太郎 展』開催。詩を解体しながら人間・谷川俊太郎を浮き彫りにするきわめて斬新な試みとして注目される。また、この展示を基調とした関連書籍『こんにちは』（2018 ナナロク社）には新作詩のほか、詩人の暮らしが活写され（川島小鳥撮影）、今日的な“詩の本”の在りかたを提示し話題を呼んでいる。

岸本佐知子

Sachiko KISHIMOTO

ハイク生成装置

もう三十年くらい前に、新宿の書店で変わった洋書を買った。形状は掌ほどの大きさの横長のスパイラルノートに似ている。つややかな厚紙でできた表紙をめくると、一ページが上中下の三段に切れていて、それぞれに英語の語句が一行ずつ印刷してある。その上中下をパラパラとべつべつに好きなようにめくって言葉を組み合わせることで、偶然の俳句、というか英語のHAIKUができあがる。つまりこれはハイク自動生成装置（ジェネレーター）なのだった。

どうして買ったのかは思い出せない。ハイクにとくべつ興味があったわけではない。分厚くて難しそうな小説には手が出なくて、半分冗談みたいな小さいそれに手が延びたのかもしれない。値段もたしか数百円だった。
買った洋書はたいていそうなのだが、そのハイク・ジェネレーターもすぐには手に取らず、二、三度パラパラめくったあとは、そのまま積みっぱなしになっていた。

でも積ん読も一種の読書である、という説がある。何年も、ときには何十年も積んだあとで、急にその本を読みたくなることがある。いま俺を読め、と本に言われるような気がするのだ。

先月、ついにハイク・ジェネレーターにその〝読みどき〟が訪れた。きっかけはリチャード・ブローティガンが詠んだハイクをひさびさに目にしたことだった。

A Piece of green pepper
fell
off the wooden salad bowl

ピーマンや
ころがりおちたる
サラダボウル（藤本和子訳）

このふざけたハイクを読んだとき（ブローティガンはこれをゲイリー・スナイダーへのおちょくりとして書いた）、頭のどこかでカチリとスイッチが入った。急にあの本を手に取ってみたくなった。でたらめな偶然ハイクを生成したくなった。三十年間。長く待たせたな。

ところが、その本が見つからない。

本棚の、そういう小ぶりの変形洋書をまとめて置いてある一角の、丸いボールの形をした大リーグ珍記録本（〝一試合に五度のエラーを生涯二回も記録したショート〟〝一試合で十九盗塁されたキャッチャー〟等々）の横。ずっとそこにあると信じてきたのに、ない。何度見てもない。

ここじゃなかったのかもしれない。私は家じゅうの本のトーテムポールを一つずつ崩し、押入れを探し、紙束をめくり、植木鉢をどけて下を見た。指が黒くなり埃で喉が痛くなったが、本はない。

絶対にあったはずなのだ。三十年間、折にふれてアイコンタクトもしてきた。つい最近も見た。つい最近とはいつか。思い出せない。三週間前のような気もするし三年前のような気もする。でも確かに見たのだ。光沢のある表紙の。蛍光イエローとショッキングピンクの、サイケデリックな装丁の。綴じ具のスパイラルが白い。

ないなら買いなおすまでだ。米国アマゾンを召還した。タイトルを覚えていないことに気がついた。たしか *Sexy Haiku* とか、*Sensual Haiku* とか、そんな感じだった。いろいろに組み合わせて検索した。ゼロ。Haiku で探すと、逆に何千と出る。だがもうここまで来たら止まらない。全数十ページの検索画面を片端から全部見た。

それにしても、こんなにも英語のハイクの本があるとは。バショー。ブソン。シキ。イッサ。三歳から始めるハイク。ナチュラリストハイク。動物しばりハイク。グリーティングにぴったり！　ハイク集。これだけ世の中にハイクの本があふれているのに、でも私が持っていたあの本はない。類似のものすらない。こう完膚なきまでにないとなると、だんだんあの本の実在が疑わしくなってくる。私は狂っていたのだろうか。以前も、高校球児にもらった〝動画つきハガキ〟を探して家じゅうを捜索したことがあった。ハガキの下半分が画面になっていて、彼が球をキャッチするスローモーションの映像が流れたあと、「〇〇高校の××です。応援よろしく」とメッセージが入る。もちろん夢でもらったのだ。

あきらめきれずに、グーグルの画像検索で haiku generator book などと入れて見ていたら、あった。私の持っていたのとそっくり同じ形状・材質のものが、一つだけ。タイトルと表紙は違っていたが、こうなったらもう似たものでもいい、というぐらいに私は追い詰められていた。それはアラスカの小さな島の文学団体が、メンバーのハイクを元に作ったジェネレーターだった。年会費を払ってメンバーになればくれるもののようだったが、販売もしていると書いてあった。私はさっそく記載されていたアドレスにメールを書いた。

〈こんにちは。ワタシ日本人です。そちらで作っているハイク・ジェネレーターがとてもとても気に入り、とてもとても欲しいです。日本にも送ってくれるですか。お返事ください〉。

それから一か月が経つ。いまだに返事はない。

だが、いちど火が付いてしまった謎のジェネレーター欲は、もう止められなかった。残された手はただ一つ。自作だ。

私は文房具店に行き、記憶の中のあの本に可能なかぎり近いノートを買ってきた。手のひら大・横長・スパイラル綴じ。表紙はピンク。つぎに各ページに横三等分の線を引き、それぞれに一行ずつ英語のフレーズを書き入れていく。素材は、ネットで拾った版権のなさそうなハイクを選んだ。バショー、ブソンもあれば無名の人の創作もある。条件は、三行に分かち書きされていることだけ（英語のハイクにはいろいろなスタイルがあり、四行やそれ以上のものもあるようだ）。

だんだん興が乗ってくると、ハイクだけでは物足りなくなってきた。どうしても花鳥風月に偏るし、なんだかちょっと古臭い。要するに三行に分かれていれば何でもいいんじゃないか。というわけで、ネットニュースの見出しや見知らぬ人のツイートもがんがん加えていった。そうして一冊ぶん溜まったところで、ページをハサミで三段に切りわけた（この作業がけっこう大変だった）。

かくしてマイ手作りハイク・ジェネレーターはできあがった。中の紙がオリジナルよりヘナヘナなのと、語句が自分の下手な字で書かれているのが残念だが、ともかくも。

さっそくやってみた。

Chimpanzee patters
I ask how high
with a headache

チンパンジーが走る
私は高さを問う
痛い頭で

なんだこれ。でも面白い。少し俳句らしくするならば

猿走る　高さを問うた　頭痛持ち

ぐらいだろうか。難しい。もういっちょう。

Planets resonates
Singing, wife groaning
Horyuji

惑星たちの共鳴
妻が歌いながら呻く
法隆寺
（惑星ひびく　妻の呻吟　法隆寺）

俳句のリズムに乗せようとすると訳が難しい。**singing**は「呻吟」で音として入れ、かつ「吟」の字に意味をこめたということで許してほしい。どんどん行く。

The ultimate donuts
A dewdrop on me
Strongly, formlessly

究極のドーナツ
私に落ちる露ひとしずく
強く、形なく
（究極ドーナツ　我に結ぶ露　強き混沌）

Crimson plum blossoms
But look —— here lies

Queens grimacing

紅い梅
でも見て——そこに横たわる
しかめ面の女王たち
（紅梅や　渋面の女王ら　地に伏せる）

With age
For somone to shelter me
Including 89 ISIS-linked fighters

歳とともに
誰か私を守って
イスラム国戦闘員八十九名を含む
（年老いて　誰が我を守る　聖戦の戦士ら）

BRAND NEW !
It's coming out your ass,
Is sad

新発売！
尻からいでし
哀しいね

ちなみに、今日の日付を三つの数字に直して、その回数ぶんだけめくって、作った、だからこれは二〇一七年六月六日のハイク。

In the coolness
Shoes for Ivanka Trump
It's scarily accurate

涼しさや
イヴァンカ・トランプの靴
は恐ろしく正確

その晩、夢を見た。空から言葉の連なりが雨のようにまっすぐ、無数に落ちてくるなかを、銀の靴をはいたイヴァンカ・トランプが傘をさして歩いてくる。彼女が八十九人の死んでしまったＩＳの戦士たちとしかめ面した赤の女王と輪になってダンスをするその頭上では、惑星たちがうなるようなドーンコーラスを、遠く、いつまでも、響かせあっていた。

岸本佐知子（きしもと・さちこ）

翻訳家。

海外の先鋭的な小説の翻訳を行い、スティーヴン・ミルハウザー、ニコルソン・ベイカーの翻訳で広く知られる。エッセイ集『ねにもつタイプ』（筑摩書房）で第23回講談社エッセイ賞を受賞（2007年）。

著書に『気になる部分』（白水社）『なんらかの事情』（筑摩書房）、訳書にはリディア・デイヴィス『ほとんど記憶のない女』（白水社）ジャネット・ウィンターソン『灯台守の話』（白水社）ショーン・タン『ロスト・シング』（河出書房新社）など多数。

数々の賞の選考委員や読売新聞の読書委員も務める。

横尾香央留

Kaoru YOKOO

花

花はその場を明るくする。
人の心も明るくする。
悲しい時、さびしい時、
花を見ると、なぐさめてくれる。
そんな気がする。

でも花はいつかは、かれる。
そんな時、悲しくなる。
花の命は短い。

花はその場を明るくする
人の心も明るくする。
悲しい時、さびしい時
花を見ると、なぐさめてくれる。
そんな気がする。
でも花はいつかは、かれる
そんな時、悲しくなる。
花の命は短い。

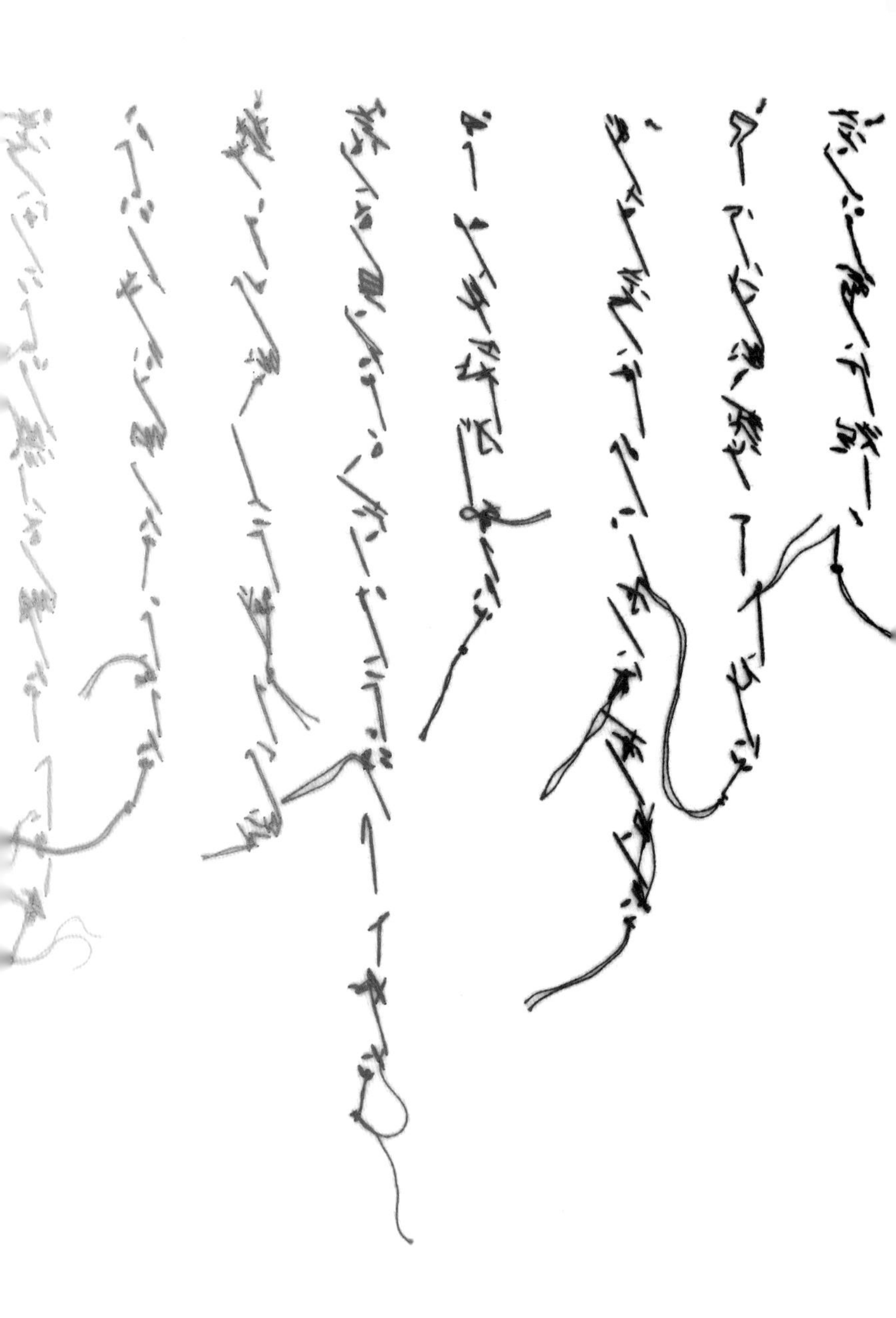

＊

〝こういうのが
　大人は好きなんでしょ？〟
たいして思ってもいないことを
演技がかった言葉で綴る
少女時代のわたしを
5年2組の詩集の中に見つけた。

古傷が疼く。

短歌をたしなむ祖母に
詩を読んでもらった あの日。
手放しで褒めてもらえる確信を持ち
顔色を伺っていたが
なにやら雲行きが怪しい。
鼻で笑われたような気さえする。

「〝花の命は短い〟って
　林芙美子の言葉ね」

それが誰なのかは知らないが
〝真似をした〟と言われていることは
こどもながらにわかった。

「そんなの知らないもん！
　自分で考えたんだもん！」

焦り 怒り ムキになる孫に向けられた
祖母のまなざしは
いつもの柔らかく包み込むものから
意地悪な棘へと姿を変えて
わたしを静かに突き刺した。

＊＊

同級生の女の子達は
花の名前に詳しかった。
聞けば皆　お母さんやおばあちゃんに
教えてもらったと言う。

〝そうか　ふつう
　お母さんに教えてもらうのか〟

駅に向かう道すがら　花をみつけては
「あの花　なんて花？」
母に問いかける。
「え？　なんだったっけねぇ」
何度か試みるも　返ってくるのは
8割超えで　この答え。
〈世の中に〝みんな〟とか
〝ふつう〟はない〉
ということを身をもって知る。

そんな母が必ず反応する花がある。
「あっ、木瓜の花。
　おじいちゃんがあれをみると
〝なんだあれ、ティッシュみたいだな〟
　っていっつも言ってたなぁ」
毎年毎回　しみじみ同じことを言うので
それこそボケたのではないかと
心配になる。

＊＊＊

「誰もがもらってうれしい
　プレゼントって花でしょ」
と話す男性に
「そうだね」と同調してしまったが
そうでもない人が
あなたの目の前にいます。

いや、わたしだって少しはうれしい。
うれしいけれど　それよりも強く
自責の念にかられる。
わたしの元にやってきた花々は
あっという間に枯れてゆく。
〝せっかくきれいに咲いたのに〟
〝行き着く先がここでなければ〟
ゴミ袋へ移動させながら
何度となく嘆息を漏らしてきた。
〝お前も同じ道をたどるのか…
　すまない…〟
手元の花を不憫に見つめる。

「花でも緑でも
　植物がすぐに枯れるんです」
何の気なしに知人に話したところ
「それっていいことなのよ。
　植物が悪いものを
　吸い取ってくれてるの。
　だから枯れたら
　〝ありがとう〟って言って
　また新しいのを
　飾ればいいだけのこと。」
真顔で諭された。

それが本当だとしたら
どれほどの邪気が
自分に憑いているのかとゾッとする。
〈植物のエネルギーを
　吸い取り延命を乞う〉
まるで　村を守るために
生け贄として差し出された若い娘から
精気を吸い取り生き永らえる
妖怪のような行為に思えて
自ずから花を手にすることは
滅多にない。

〈花の命は短い〉と書いた
小学生のわたしはすでに
その片鱗を感じとっていたのだろうか。

多くの場合
花を生ける、生かす、為の花瓶が
わたしの元では
枯れゆく花の棺にあたる。
死に向かう花々への弔いの気持ちを込めて
2018年 毎月ひとつ花瓶を制作していく。

横尾香央留（よこお・かおる）
1979年東京生まれ。ファッションブランドのアトリエにて手作業を担当した後、2005年独立。刺繍やかぎ針編みなどの緻密な手作業によるお直しや、作品制作をおこなっている。
著書に『プレゼント』（雄鶏社 2009）、『お直し とか』（マガジンハウス 2012）、『お直し とか カルストゥラ』（青幻舎 2015）がある。
展覧会
『お直し とか』FOIL gallery 2011
『変体』The Cave 2012
『カコヲカコウ』ラ・ガルリ・デ・ナカムラ 2017
『拡張するファッション』水戸芸術館／丸亀市猪熊弦一郎現代美術館 2014

銀座の月光荘画材店ショーウィンドーにて『窓の花』展を2018年毎月第2週に開催中。

たなかれいこ
REIKO TANAKA

れいこさんのおむす

れいこさんのおむすび　第二話

＊母のこと

父亡きあとの弱った母の体を食べ物でたて直すべく、月に一度の札幌通いが始まりました。

ここで少し母のことをお話ししておきましょう。

母は大正一二年小樽生まれ。札幌に住む歳の離れた実の姉夫婦の跡取りとして、五歳で養女にされました。女学校卒業後は今で言うＯＬをしていましたが、同じ職場の父と結婚。跡取りのつもりで迎えている養女ですから、その夫となるには婿養子に、というのが養父としては当然の結婚の条件でした。ところが父は、実際に母と結婚した後ものらりくらりと苗字を変えずにいたものですから、そのときすでに兄が生まれていたにもかかわらず養父は勝手に父の籍を抜いて離婚させてしまったのです。母の気持ちとしては「養女としての務め」を裏切れなかったらしくそのまま実家に残り、父が出て行くかたちに。父はその後もときどき、まだ幼い兄のために窓の外へお菓子をぶら下げて黙って帰る、を繰り返していたようです。戦後すぐのころですからお菓子は貴重品。父の、父としての気持が窓の外にお菓子というかたちをとったようです。

そうこうして二年ちょっと経ったころ、神戸に転勤になっていた父のもとへ、養母である実姉の協力のもと養父には内緒で、母は兄を連れ養家を脱走したのでした。そして私が神戸で生まれました。

こういったストーリーは、父の晩年になってから聞いた話で、私たち子供は何も知らされていませんでした。しかし父はいわゆる亭主関白でわがまま。母をだいじにするそぶりを見たことがありません。したがって子供たちの目には良い父としては映りませんでした。いっぽう母は、そんな夫と暮しながらも洋裁のプロとして洋裁学校で教えていたり、父の東京での単身生活が長くなるとパタンナーとして職場を決めさっさと上京～働き始める、という芯の強さがある人です。

私が連れ合いと結婚し、両親と同じマンションの同じ階に住んでからしばらくして、ふたりは札幌へ引き上げていきました。

それからの二〇年ほどは私の仕事も忙しくなり、母に電話をしても「元気だから大丈夫」といつもの返事……。いま思えば札幌へ行ったのは、連れ合いと一度観光かたがた行ったくらいでした。そんな期間のうち、父が胃癌の手術を受け胃を全摘していたり、肺気腫になっていたのを兄も私もまったく知りませんでした。いつしか母は、父の体のケアのために自分のすべての時間を費やすというのが年老いた二人の生活パターンになっていたようです。すべて後で知ったことでした。

のんきな私も、父が九〇歳を迎え母が八六歳になってからは、ふたりの食生活まわりを改革しようと三ヶ月に一度の割合で札幌に通い、実家へ乗り込むのですが、私がこんな仕事をしているのにも関わらず、なんと父は化学ものが大好き。甘いものが大好き。冷蔵庫の中のものを取り出して裏ラベルを見ると原材料名がやたらにいっぱい書いてあり、さすがにこれはまずいでしょう、というものばかり。通い始めて最初はまずそれらを捨てることからスタート。似たような商品でも添加物を使わない物に置き替えていきます。でも三ヶ月後に行くと、またもと通り。母に訊くと「お父さんが……」と。あきらめずに私がまた捨てる／置き替えるを繰り返すうち、父も少しづつ化学ものを使わなくなり、それらの姿は実家からなくなったものの、札幌通いは懸念材料ばかり。どうしたものかとまだまだ思案の連続でした。

そして二〇一三年の年が明け、正月間もないころに行ったときは元気だった父が、そのすぐ後に風邪をこじらせたらしく「お父さんがちょっと大変なの」と母からの電話。母がこんな電話を入れるというのはよほどのことですから、翌日すぐに札幌に行ってみると、着くなり医者から「今夜まで持ちません、用意をしてください」と告げられ個室へと移されました。酸素マスクをつけられた父はそれでもなお、母にして欲しいことを何やら告げ、それらいちいちの希望を叶えようと母は父の言葉に耳を傾けるのでした。もう死を宣告されている状態で尿官も繋げられているのに、誰もいなくなったほんのちょっとの隙に父は自分でトイレに行こうとしてベットから落ちました。

母は二四時間体制で父のベッドの傍に寄り添い、酸素が行き渡らず冷たくなった足をさすったり、目を離すことがありませんでした。父が風邪をこじらせ自宅療養していたときも一〇分おきに「腰が痛い」だの「喉が乾いた」だのと呼びつけるので、母は自分の食事の用意もできずほとんど食べ物を口に出来ていなかったようです。私からみるとどうしてそこまでできるのか不思議ですが、父の希望を叶えるべく母はやり通したのです。母に背負われトイレの用のとき「俺の子供を三人も産んで大変だったな、ありがとう」と父が言ったそうです。そして母は父の長年の身勝手をこの言葉ですべて許したようです。

医師の診立てに反し、それから二日と半日後に九三歳で父は息を引き取りました。あまりに尋常ではない生命力に医師から死後解剖のリクエストがあり、母は「医学の進歩のためなら」と承諾しました。

ともあれ、九〇歳手前の母にとってそんな過酷な数週間でしたから、葬儀のときには車椅子に乗り、孫に押してもらわなければならないほどに弱っていました。

葬儀の後はひとりでは心もとない状態でしたので、二〇年来お世話になっている医師のいる病院へ三週間ほど入院しました。私は入院させたくはなかったのですが、自分の仕事もあり、入院に同意するしかありませんでした。この入院の三週間で足腰はがくっと弱り、これをほんとうに悔やみましたが、しょうがありません。こうして、母の体を食べ物でたて直すべく、月に一度の札幌通いが始まるのです。

＊＊はじまり

それはまだまだ極寒の二月末から始まりました。母の体をたて直すにはまず、体の中、腸からあたためるのが近道。

最近はスーパーに行っても、年中ないものはないくらい、季節を問わず色とりどりに野菜や果物が並んでいます。南から北まで、まるで日本中が同じ地域のよう。でも桜前線の北上情報を見ているとわかるように、スーパーのこうした様相はとても季節はずれなものです。愛犬〝みかん〟と暮らしていると、冬に向かう時季には毛の量が増え、冬毛と言われるフワフワな毛がたくさん生えてきます。春から夏に向かう時季には毎日ハラハラと毛が抜け、さっきブラシをかけたのにまたハラハラと……といった具合い。このように彼女自身は考えもしなくても、季節に呼応して体は変化しています。私たちはつい忘れがちですがヒトも動物です。日本には四季があり、さらに季節と季節の間にも、こまかな季節があります。二十四節気それぞれに気温も湿度も風も太陽も変化し、自然の環境というものが私たちに提供されます。

長野県の蓼科高原へ通いで趣味のファーミングをして一八年になります。遊びとは言え、大地に向かい種を撒くと季節は太陽暦よりひと月遅れの旧暦のほうがしっくりくることが判ってきます。

そんなふうに感じている私からみると日本中が、早く早くと先走って作物を生産し、販売し、買っているように映ります。

愛犬〝みかん〟を例にとると、まだ冬毛をまとい寒さ対策をしている体にきゅうりや茄子といった夏野菜を食べることは、毛皮を着ながらお腹の中に氷を抱えているようなもの。(ちなみに、みかんは一歳からお父さんの手づくりごはんを食べています。冬には大根、人参、レンコン、白菜、小松菜、ほうれん草などを食べるのです。)

冬などまだ寒い時季にお腹に氷を抱えるとどうなるか……。人間の体の中の温度は三七℃くらいあるように設定されています。もともとその温度があるため免疫力も働き、食べた栄養素が六〇兆個の細胞を入れ替え、生き生きとした新しい細胞に作り変えていけるようにできています。そして私がもっとも動物の体の仕組みで凄いと思うのは、腸に生息している微生物たちのはたらき。人間の場合、腸内細菌は善玉菌二〇、悪玉菌一〇、日和見菌七〇の割合のとき、最も健康で心も穏やかなときであると言われています。腸内の細菌のバランスがこのように取れているときには、私たちの生命維持に必要な酵素／ビタミン／ホルモンを、菌たちが腸と協力して作ってくれるからなのです。また、幸せを感じる物質セロトニンやドーパミンなども、ほとんどが細菌のはたらきによって腸で供給されているのです。

それが、腸が冷えるとどうなるかと言うと……

善玉菌の好きな温度は三七℃台。悪玉菌の好きな温度は三五℃くらい。悪玉菌も一〇％に抑えられている時は有効ですが、活発に増えすぎると私たちの体や心にとってマイナスなことばかり引き起こします。悪玉菌が増えると人間にとっては毒素と言われるものが体に蓄積していきます。その上がん細胞は三五℃台の低温がお好き。そもそも三七℃台は欲しい人間の体内温度がそれより下がるということは生命の危機なので、体のエネルギーは体内温度を上げるために費やされてしまいます。そうすると、細胞の入れ替えは後回し／少しづつ古い細胞が溜まって生き生きできない……という結果、不調からやがて病を得ることになるわけです。

こうならないように、日々刻々と腸＝お腹が冷えないように、季節に合わせた食べ物を食卓にのせ美味しくいただくことが心と体の健康のきほん中の基本です。

　畑仕事をしたことのない都会暮らしの母は作物の本来の季節感を知りません。九〇過ぎてもそうなのです。経験がないとそういうものです。ですからうっかりすると、「赤い色がきれいだから」というだけの理由から真冬の北国でパプリカを買ってきてしまいます。パプリカはアフリカが原産地。暑いのが得意で、生育に適している気温は二二〜三〇℃くらい。低温にはとても弱いのです。現代ではビニールハウスの中で加温して育てることが多いのですが、野菜が健全に育つのには気温ばかりではなく、太陽光線が必要です。いくらハウスで温度を上げても真夏の太陽光線は望めません。冬と夏ではその波長が違うからです。かたちそのものはパプリカでも、細胞レベルで見ていくと違いが出てきます。私は包丁で切るときにそれを感じます。その季節の野菜は元気な細胞できめ細かく密で、気持ち良く切ることができます。季節はずれのものは「う、うん」と、なんだか気持ち良く切れません。夏が得意な野菜を北国の冬に食べるということは、細胞が弱っている食べ物を食べ、更にお腹に氷を抱えるのと同じですから、体をたて直していかなければならない母にはきびしい食べ物と言わざるを得ません。

お腹＝腸からあたためる手っ取り早い方法は、お湯に塩を入れて飲むことです。六〇～九〇℃くらいの好みの温度に、美味しいと思う量の塩。それをゆっくり、カップ一杯飲みます。これなら母も実践できます。

そしてこのお湯＋塩一杯は起き抜けに飲むとさらに良いことが。寝ている間に失われていた水分の補給にもなるのです。その上、腎臓が働いて解毒するのを助けてくれます。起き抜けに体を動かす前、血液が体に巡る前に水分を入れ、寝ている間に出てきた老廃物を腎臓に送ることで腎臓がそれらをきれいにしてくれるのです。朝の一〇時ころまではこのように腎臓が解毒に働いている最中なので、朝食を食べて胃に血流が行くのは避けたいところです。

一日三食の習慣だった母にそのことを話すと、あっさり「やってみるわ」となり、それ以来母は起き抜けのお湯＋塩、そしてお腹が空いたらお湯を飲み、朝ごはんは一二時から、という習慣に変わりました。

人間の体の六〇兆個の細胞ひとつひとつはレシチンからなる細胞膜で覆われ、水が満たされ、その中では一個の核と複数のミトコンドリアが生息しています。細胞内がいつも新鮮な水で満たされていると生命活動が円滑に行われるので、水が大切。水は、体のいらなくなった老廃物などを速やかに体外に排出するのにも大きな役割をしています。年齢を重ねると代謝が悪くなるため、高年齢になればとくにお水が大切になります。

朝のお湯＋塩はお腹をあたためる以上に私たちの体には大きなはたらきをしているのです。

起き抜けのお湯＋塩の後にお昼までにできれば五〇〇CC、夕方までにまた五〇〇CC、それから寝るまでに五〇〇CC。都合一・五リットルを飲むと細胞に供給されやすくなります。

しかし母には、「薬のように水を飲んではダメ。飲んで気持ち良いか、欲しているかを感じてから飲んでね。はじめから無理をしないで、常に心地良いかを基準にしてやってみてね」ということを忘れずに伝えました。

「水道の水は塩素で消毒しているから安全で安心な水」と思い込

んでいた古い時代の母ですが、水の質は大切。非加熱でピュアな水を選び勧めても、母は当初「牛乳より高い水なんて贅沢」と、あまり良い顔をしませんでした。それでもやはり、美味しい水は飲みやすいようで「起きたらお湯に塩」、その後はポットにお湯を入れて「ちょこちょこ飲む」……これがようやく母のあたらしい習慣となり、まずは健康へのベースが出来てきたのです。

れいこさんのおむすびレシピその2

５分づき米１カップに対し、生カシューナッツを10粒の割合で炊きます。
水加減はやや多め、塩少々、ごま油少々を加えて炊きます。
炊き上がりをヘラで良くかき混ぜ、あら熱をとってください。
梅酢を手のひらにのばし、次に塩を多めにとって手のひらにのばします。
ご飯をボウルなどに一旦いれてから手に取り結びます。
力ではなくご飯を寄せる感じで優しくむすんでください。
きっと美味しくおむすびができます。

たなかれいこ
食のギャラリー612代表。

自らの経験にもとづき「たべもので健康に。」を提案している料理家。

1952年6月12日神戸生まれ、札幌育ち。CMスタイリストを経てNYに遊学。滞在中「自然食」に興味をもつ。その後ケータリングサービスで起業。南青山にてレストランを開業。現在は無農薬／無肥料で育った野菜を中心に使い、本物の食べ物にふれて、つくって、食べて、知る教室「612食べ物教室」を、また、食べ物の力で体と心をオーバーホールする集中講座「自分の体を見つめる講座」などを主宰。2000年より東京と行き来しながら長野県蓼科の612ファームにて無農薬／無肥料、不耕起栽培のファーミングで野菜を育てている。蓼科では「畑と森の食べ物教室」も開催。月に一度、札幌で一人暮らしの94歳の母のもとへ通い、高齢者の「たべもので健康に」をサポートしている。

著書に『穀物ごはん』(青春文庫)、『たべるクリニック』『食べると暮らしの健康の基本』(ともにmille books)、『生きるための料理』『腸がよろこぶ料理』(ともにリトルモア)などがある。

www.612co.net

大塚泰子

Yasuko OTSUKA

あたらしい空白

「これまで人生を振り返る余裕がなかった。残りの時間でそれをしてみたい」——

依頼主が言った。

これを受け、〈長い廊下〉というイメージが私の頭に浮かんだ。

本来この家に長い廊下は必要ではない。しかし居住空間で思索するより、移動のための通路に記憶と生命の物語を配置してもよいかも知れない……そう考えた。

この長い廊下は、「記憶と現在と未来」を調整することができるシークエンスだ。

闇のような通路で時折感じる風が「過去」「現在」「未来」のそれぞれを伸縮する。

向こう側に見えるのは光でなければならない。

ところで、人は座って思考するより歩いて思考するほうが60%以上クリエイティブな発想ができると聞いた。

記憶はシークエンスによって喚起され、変形し、新しいイメージとともにリズムを刻む。

今という時間を使って過去を振り返るということは、すなわちこの先を歩いていることに他ならない。

この通路は振り返るためのものであると同時に希望へ移動するためのアプローチでもある。

A

B

1.　PLAN　S=1/500
間口の広い方から狭い方へ歩いて行く。柱はある点からある点へ足跡のように配列した。一歩一歩進むにつれ微細に揺らぐような境界線の見え方を考えた。それはある地点で壁のようにみえていた境界線がある地点にくると柱になったり光になったりみえる。

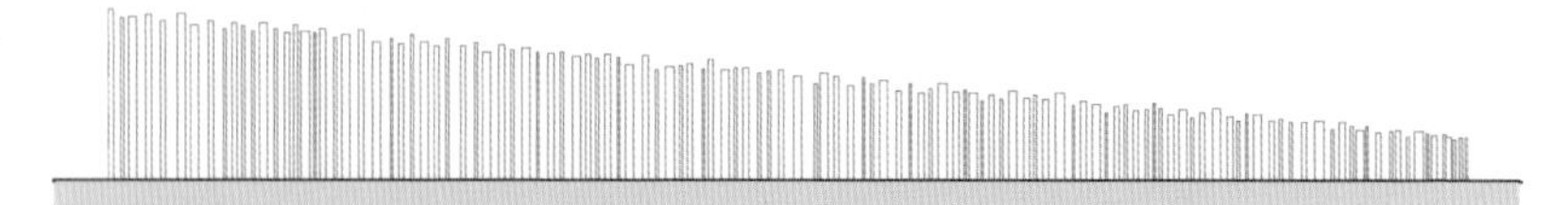

2.　A-B　ELEVATION　S=1/500
入口の高さは 6M で徐々に低くなり最後は 1.5m になる。
予測できない光や風のノイズを生ませるために柱の配列と同様にスカイラインにも微細なズレを持たせた。

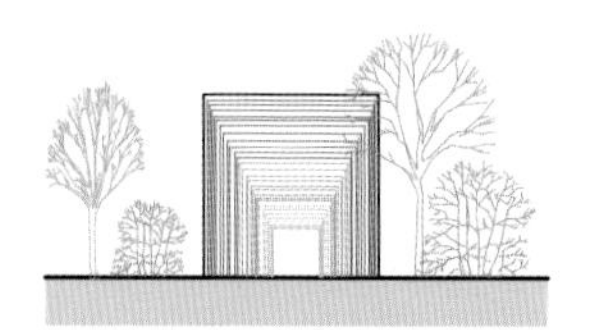

3.　A　ELEVATION　S=1/500
入口から前を見るとパースペクティブがより強調され、実際より廊下が長く感じる。

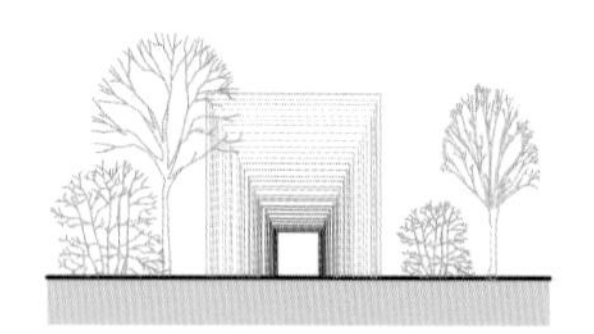

4.　B　ELEVATION　S=1/500
出口付近から振り返り廊下を見ると実際通ってきた距離より短く感じる。
パースペクティブをより強調した形態であるためだ。

5.　PLAN（DETAIL）　S=1/30
柱を線上に配列するのではなく足跡のように散りばめながら目標点へ連続していく。
遠くからみると壁だった境界線が近くになると明確な光となったり柱となる。

地形は平坦地で自然をできるだけ傷めないように設計した。
この長い廊下は全長50m、108本の鳥居のような門型フレームを配列させたものだ。
このフレームは100㎜×100㎜、100㎜×200㎜、100㎜×300㎜の角鋼を溶接して作られている。基礎の深さは0.5m〜2mである。

間口の大きさは6m×6mで、進むにつれ徐々に小さくなり、廊下の先端の間口の大きさは1.5m×1.5mになる。

柱は一本道を歩く足跡のように散りばめ微かなズレをつくった。
予測できない光や風がこの廊下をつくる。

また、広い間口から50m先の小さな間口を見るとき、パースペクティブがより強調されることで実際より長く感じられる。闇をつくる鳥居群の先端の光が一層際立って見えるように設計した。

大塚泰子（おおつか・やすこ）

建築家。ノアノア空間工房代表取締役。大妻女子大学／日本大学非常勤講師。1971年千葉県生まれ。

日本大学工学部建築工学科卒業。同大学院生産工学研究科博士前期課程建築工学専攻修了。大学院修了後、1996年株式会社アーツ＆クラフツ建築研究所に入所、杉浦伝宗に師事する。

2003年有限会社ノアノア空間工房設立。

“ポエジィを感覚する住宅設計”を常にめざしている。

釧路景観賞奨励賞、第22回空間デザインコンペティション優秀賞などを受賞。

著書に『小さな家のつくり方』（草思社）がある。

http://www.noanoa.cc/

マーサ・ナカムラ

MARTHA NAKAMURA

コトノホカ

御祝儀

母と千葉県の商店街を回っていると
駄菓子屋の棚が空いていた
昔から懇意にしている店主の爺さんが奥から出てくる
店を閉めるために売り尽くしをしているのである
店先に出されている菓子の箱も古くなっている

『ディズニーレシピ』という冊子があって読んでいると、
店主から「面白いでしょう」と声をかけられた
その中の「ミニーの首飾り」という料理は、

皿の真ん中を真珠の首飾りを模した生クリームが占めていて、
片隅にサラダの付け合わせのついた小さいオムライスが添えてある
「それは面白いけどうちも一冊しかないんだよ
外が新しくて、中身が古いでしょう」
見ると、駄菓子より骨董品が多い
段ボール製の箱の蓋を開けてみると、
中には緑青や錆のこびりついた大量の指輪が並んでいた
奥の和室で、こたつに足を入れている婆さんが笑っている
よく見ると、それは古銭だった

後ろをチンドン屋が通り、金属を打ちつける音が響く

何も買わずにそのまま駄菓子屋を出た
母はお菓子をいくつか買って　白いビニル袋を持っていた
ビニル袋も　劣化して白い粉を噴き出していた

チンドン屋は、商店街の店一軒一軒を回って祝儀を述べている
黄八丈の着物の背中だけがわずかにのぞいている

駄菓子屋の左隣は居酒屋で、客の顔と笑い声で溢(あふ)れている
丸い豆電球が店内を朱く染めている

商店街の大門を抜けた
休日の空はすでに昏(くら)くなってしまった

居酒屋の灯りは店先まで流れ出ている
チンドン屋が居酒屋の中に入っていくのが見えた
客たちの笑い声は一層昂ぶっている

実はあの居酒屋はだいぶ前に閉まったんだよ、見に行ってごらん
隣を歩いている男が言う。２人で居酒屋の前まで行くと
朱い電灯の明かりは消え
埃を厚く被ったシャッターが眼前にかかっていた
チンドン屋も消えた
駄菓子屋にも汚れたシャッターがかかっていた
「新しい郵便番号は〒〒〒」という張り紙があった

商店街は全店黒く廃業していた
周りの風景が　急に暗くなって身に押し寄せてきた

思わず悲鳴を上げて男に飛びついた
抱かれながら
そういえば、私の母はどこに行ったのだろうと考えていた
家に着く頃には、母親は元の姿に戻っていた

あの優しい男は
私が家で泣いているときに

カーテンの隙間から
星明かりと一緒に差し込む白い顔の男である

翌朝、
私は自分の頭を持って
後頭部の白髪を見つけて抜いていた

マーサ・ナカムラ
詩人。1990年生まれ。埼玉県出身。
2014年、早稲田大学文化構想学部文芸・ジャーナリズム論系卒業。2016年、第54回現代詩手帖賞受賞。2017年、思潮社より初詩集『狸の匣』刊行。2018年、第23回中原中也賞受賞。

小津夜景
Yakei OZU

ゼリーフィッシュと遠い記憶

水はひとりで眺めても愉しいけれど、誰かと眺めるのも悪くない。橋の上から。土手に座って。カフェのグラスを。あるいは水族館。巨大な水槽の前に立つと、人間はほんのり催眠的な心地になる。

隕石をふたつに割りし鳥の恋

「では、水族館に行きますか」
肘をついて、ぼんやりしてゐたら、とつぜん目の前のひとにさう提案された。このひとにはテレパシーの性癖があるのだ。

あんのんと烏帽子（えぼし）に花のえくぼかな

時は春。ハイウェイ・ハイな音楽を聴きながら、海岸ぞひの道を車中から眺めてみれば、どこもかしこも桜の花でいっぱいである。

ペンキ塗りたての札立つ鳥居かな

港に着く。少しうらぶれた遊園地を横目に眺めつつ、水族館に足をふみいれると、

ぶらんこは笑ふ百済の烏賊(いか)のごと

第一展示室は、たましひの抜けるやうな暗闇だつた。

ものろおぐ膨らみ巻貝となりぬ

暗闇のところどころに、青く丸い光が浮き上がつてゐる。どうやらガラスの水槽が壁に埋め込まれてゐるやうである。わたしたちは肩をならべて暗闇に浮き上がる青い光に顔を近づけ、ひとつひとつを検分するやうに水中を覗きこんだ。

春水のうがひぐすりに奇書の香が

すると爪の先ほどのエビやらカニやらが、砂の上で自分好みの体操をくりかへしてゐるのがわかつた。

からくりのしんがりに佇つ光かな

第二展示室に足をふみいれる。中央に大きな水槽。その砂の上で、まばらな林になりすましてゆらめいてゐるのはチンアナゴである。

風船は供物の空をのみほしぬ

そのひとはカメラを取り出して、ゆらゆらするチンアナゴの写真をなんまいも撮る。そしてこちらをふりかへり、「チンアナゴ。この世で一番好きかもしれない」と本気の顔つきで言ふ。

なみだぐせなる神々の春霞

第三展示室にはヒトデがゐた。
子どものころ暮らした町には、北海道大学の水産学部研究所があつて、そこに小さな水族館が併設されてゐた。水族館とは名ばかりの、流行らない魚市場じみた空間である。入場料は百円。お金をわたすと受付のおにいさんが、はい、とジュースを一本くれる。どうみても客は得をしてゐる。だがこのシステムを活用する者はほとんど存在しないらしく、この水族館で他人を見かけたことは一度もなかつた。きつとみんな、ホンモノの水族館に行つてしまふのだらう。

みづいろの肺をうごかす風車

この水族館で学んだのは、ヒトデのかわいらしさだ。とくに裏側の、うすきみ悪い部分に底知れない魅力がある。彼らは裏側のどまんなかに口を有してゐるのだが、敵も客もゐないこの場所ではのんびりできるのか、よくこの口になにかしら咥へ込んでゐる姿を見かけた。こんぶ、とか。

かげろふを編みあぐねたる時計鳴り

くちびるを、きゆつ、とむすび、その両端からこんぶをぺろーんと垂らしたまま遊んでゐると、たまにこんぶがじぶんに巻きついて、緊縛状態になつてしまふ。そんなときは、くねくねと五肢をくねらせてこんぶをほどく。その姿には知恵の輪をゆつくり解くやうな哲人風情があつて、見るたびに、なんだかとても果てしなく遠いいきもののやうに思へた。

さかづきの水に疵あり花芒果(マンゴ)

第四展示室に入る。そこはクラゲ一色だつた。ふしぎな形を成してはそのつど柔らかに崩れ、音も立てない。

「華麗だねえ。華麗で、ものぐさ」

と、そのひとが言ふ。

「うーん」

「違ふ?」
「なんだか音の出ない楽器みたい」

風船は飛ばざるままに租界帯び

クラゲたちは磁力に引かれるやうに重なりあひ、樟脳の結晶さながらに凝つて、どこかストームグラスに似てゐる。

ものぐさでものさびしくて花軍(いくさ)

ストームグラスは一九世紀に航海士等が使用してゐた天候予報の道具である。樟脳、硝酸カリウム、塩化アンモニウムをエタノールに溶かして試験管に密封したもので、ガラスの中の結晶の形から天候を予測することができる。うちにもひとつ、試験官ではなく水のしづくの形をしたストームグラスを置いてゐる。

春嵐嗅ぐや掏摸師も理髪師も

水のしづくの形の中に、気象をデザインする結晶の形が生まれる。てのひらに乗せると、まるで天界から下界を覗いてゐるやうな妙な心地がする。

在りし日の下界を語るあめふらし

晴れの日は、液体が澄んでゐてね、雨の前は、星の形の結晶がゆらめくの。嵐が近づくと大きな葉つぱの形の結晶が生まれて、液体も真白になるんだよ。この現象は、天気の変はる二十四時間前に起こるの。ね、ふしぎでせう。いま横にいるひとに、以前さう教へてあげたことがある。そのひとが、いいね、と話をあはせてくれるので、欲しいでせう、とさらに聞く。すると、うん欲しい、と言ふのでいつかプレゼントするつもりだつたのだが、その約束を守るのをすつかり忘れてゐた——あ。

　　　パピルスや死後千年の音階図

と、さう声が出たときには、すでに手を繋がれてゐた。

　　　朧とはなれぬ指紋のなれのはて

水の中のへんないきものになつたやうな感覚。

　　　逃げ去りし夜ほど匂ふ水はなく

そのひとは、さつきまでと変はらない様子でクラゲを眺めてゐる。

水の天辺から、ライスシャワーのやうにあぶくが降り注いでゐる。

水槽の中のクラゲは呼吸そのものの姿で、漂つてゐる。

春酔ひのわが頭に冠(かぶ)るおほくらげ

「水つて」

と、わたしは口をひらく。

「うん」

「眺めてゐると、なにかを思ひ出しさうになるよね」

「さうだねえ」

「でもクラゲが邪魔をして」

「――」

「うまく思ひ出せないみたい」

かんがへるひと剝落の花となる

クラゲは膨らんではしぼみ、また膨らんではしぼむ。わたしはからつぽのタイムカプセルを想像する。なにも見ず、なにも聞かず、ただ世界を漂つていたころの、からつぽの記憶のカプセルを。

流骨をかつげば四方(よも)は霞みして

たぶんクラゲとは、タブラ・ラサとスヴニールとの重なりあふ場所なのだらう。そして、だからこそ、わたしが水を眺めることによつて思ひ出しかけてゐた記憶もまた、彼らのタイムカプセルに吸ひ込まれて消えてしまつたのだ。

まつさらの古巣となりぬ忘日忌

小津夜景（おづ・やけい）

1973年北海道生まれ。俳人。

句集に『フラワーズ・カンフー』（ふらんす堂）がある。

同句集は第8回田中裕明賞受賞（2017年）、『出アバラヤ記』では第3回摂津幸彦記念賞準賞受賞（2013年）など、独特の感覚が評価されている。

2000年に留学で渡仏し、現在はフランス在住。

川口葉子

Yoko KAWAGUCHI

空気ソムリエ　2

空気ソムリエ 2

夏の午前中、気温が上がりはじめる頃に、大気中にウリ科の植物がつける実のような薄青い匂いが漂うことがある。

気づいた瞬間に感じるのは、単純な発見の喜びと好奇心だ。この匂いはどこから来るのだろう？　でもすぐに鼻が慣れたり匂いが薄れたり、他のことに気を取られたりして忘れてしまう。空気の匂いが独特の感情を呼び起こすのは、季節がひとめぐりした後で再び遭遇したときである。

──去年の夏に嗅いだ、あのウリ科の空気。

そう気がつくと、嬉しさと共に胸が疼くような奇妙な感情が押し寄せてくる。保存したい。季節や時間の匂いの成分をひとつひとつ瓶詰めにして、いつだったかワイン好きの叔父が嗅覚トレーニング用だといって見せてくれた八十八種類のアロマの小瓶のように、「青リンゴ」「スミレ」「芝生」などと書いたラベルを貼って永遠に保存しておきたい。

そうして小学校の夏休みの始まりの匂いや、蜜柑色の常夜灯が祖父の家の長い廊下に降らせていた粒子の匂いや、湖の上に瞬く紫色の星の匂いの秘密を解きあかし、腕利きの調香師のように数百種類の夏のガラス瓶からすばやく何種類かを組み合わせて再現したい。

八月初めの平日の朝、四人で少し遠くのプールに出かけた。

「横浜のほうに気持ちのいい市民プールがあるんだよ。古いけどね」

ペンと紙の研究会の集まりの後でそう言い出したのは、染谷さんがゲストとして連れてきた大門さんという建築学部の男子学生で、彼はその日のテーマである「製図ペンの研究」のために、ふだん製図に使っているロットリングやステッドラー、ファーバーカステルのペンを十数本持参してみんなに試し書きをさせてくれたのだった。

万年筆好きの人々の多くは、大事に育てているペン先に他人の書き癖がつくのを恐れて、愛用の万年筆を長時間は貸したがらないものだが、「製図ペンを使う人は、僕らのような万年筆好きより心が広いからね」と、染谷さんは大門さんを招いた理由らしきものを述べた。

集まりがお開きになった後も、彼ら二人とミディさんと私はなんとなく喫茶店に残って話をしていた。

「そのプールはまわりを大きな樹にぐるっと囲まれてて、蝉の声が聞こえるんだよ。本気で泳いでる奴もいれば浮き輪で浮いてるだけの子もいる。すごく自由なんだ」

大門さんはクロールの仕草をしながら言った。彼はゆっくりしたペースで長く泳いでいるのが好きなのだという。

「じゃあ今度、四人で行かない？」と、ミディさんが提案した。

約束した日の朝、駅に向かって早足で歩いていく途中で、ウリ科の実の匂いがゆらりと鼻先をかすめた。見回せば、ビルの裏手の狭い路地に取り残された木造住宅の前に、ぎっしりと朝顔や松葉牡丹の鉢が並んでいるのが視界に入る。でも、このうっすら甘やかで青く、透き通った苦みのあるウリ科的空気の発生源はおそらくそこではない。

その家に近づくにつれて、玄関の引き戸が開けっ放しになっているのが見えてきた。暗い内部から微かな黴の匂いが流れ出している。百年も前のこの土地の記憶のように滲み出て、大気に紛れていく古い夏の匂いだ。

横浜駅の改札口で待ち合わせて、みなとみらい線に乗った。私は弾んだ気分と少しの緊張感を悟られるのが恥ずかしくていつもより少し口数が減ったが、ミディさんと大門さんは堂々とはしゃいでいた。染谷さんはときどき濡れたビー玉のような大きな瞳をしばたたかせながら笑っていた。

大門さんの道案内で到着したのは、公園の濃密な緑に包まれた屋外プールだった。

青く眩しい五十メートルプールの両脇が階段状の広い観客席のようになっていて、泳いでいない人々はそこにビーチタオルを敷いて寝転がったり、木陰になった場所で本や新聞を読んだりしている。のんびりした素敵な公共施設だ。

太陽が照りつけていても午前の水はまだ少し冷たかったが、水着に着替えた大門さんはさっそく中央のレーンで泳ぎはじめ、染谷さんがそれを追った。ミディさんと私は遊んでいる人の多いレーンでちょっと泳いだり、水中にある自分の胴体や白い脚に光の網がゆらゆらと揺れるのを眺めたりしてから、プールサイドの木陰でビーチタオルにくるまって冷たい炭酸水を飲んだ。

久しぶりに泳いだ後の快い気だるさ。蝉の声が降ってくる下で私は数分のあいだ深く眠りこんでしまい、目をさますとミディさんの黒とピンクの幾何学模様の水着姿が隣から消えていた。

染谷さんがプールからあがってきて、盛大に水滴を垂らしながら横に座った。

「もう息があがっちゃってダメだ！　長く泳ぎたいなら息継ぎの回数を減らせ、脚の力を抜けって大門が言うんだけど、そう簡単にはできないよね」

私は大きなビーチタオルに隠れながら聞いた。

「あの、ミディさんは?」

「大門に背泳ぎを教わってる」

染谷さんは仰向けに寝転び、顔の上に厚手のふかふかしたタオルをのせた。大きなため息の後から、泳いだせいなのか、少しかすれた声が聞こえてきた。

「ねえ、青葉さんはさあ、子どもの頃、プールの後で泣いた?」

質問の意図がつかめなかった。

「それは間違って水を飲んじゃったりして泣いたか、ってこと?」

「いや、そうじゃなくてさ。水からあがって更衣室で着替えてるときに突然わっと涙が出てきて、バスタオルに顔を押しあててごまかしながら、号泣したことない?」

さあ、と言いかけてから頭の中の遠いところを、何かがひらりと横切ったような感触がやってきた。

「あれ……待って……なにか思い出しそう……思い出せないけど」

「もしかして、泣いたんだ?」

染谷さんは上体を起こして言った。

「大門も泣いた記憶があるんだってさ。それで、どうして子どもの中にはプールの後で原因不明の号泣をする奴がいるのか、っていう話になって。もっともらしい理由をこじつけるとすれば、羊水の中にいた記憶が体に残っている子どもは、プールの中で無意識にその感覚をなぞっていて、水からあがったときに初めてこの世に生まれてきた瞬間みたいに泣く。どうかな?」

「そうですね……ロマンティックすぎるかも。新生児って自力で肺に酸素を取り入れるときに泣くんでしょう?」

染谷さんは上を向いて笑って、そうだねと言った。

「前期の最後の講義で、メタファーは正確を心がけよ、って聞いたばかりだからメタファーには厳しくします」

「文学部っておもしろい講義が聞けるんだね。いつか潜入してもいい?」

私がどうぞ、と答える前に染谷さんはTシャツを着て、「お昼になったら起こして」と言いながら横向きにねそべった。その髪や耳や白いTシャツから出た腕や脇腹の上に、緑がかった葉洩れ日が細かく揺れている光景をいつまでも眺めていたいと思ったけれど、泳ぎ疲れて空腹になったらしい二人が褪せたメロン色の床に濡れた足跡をぺたぺたと並べながらやってきて、ランチに行こうよと急き立てた。ふざけてミディさんの膝に触れたら、はっとするほど冷えていた。


「ひみつの感情」がよみがえってきたのは、その夜のことだった。

水泳の時間が終わった後の、小学生たちの手足がぶつかりあう更衣室。私は温かく渇いたバスタオルを頭からかぶった。突然、悲しくもないのに嗚咽がこみあげてきてバスタオルの中でしゃくりあげる。着替えながら泣きじゃくる。周囲の子どもたちに聞こえてしまわないように声を押し殺して号泣しているうちに、身も世もないようなせつなさが胸や背中を熱くする。

十歳になるくらいまで、プールの授業の後は決まってそんなふうに激しく泣いていたのだった。自分にだけ起きてしまう特殊な感情のひとつとして、私はそれを受け入れていた。いったいあれはなんだったのだろう？　教室に戻るまでには泣きやんでけろりとしていたのも不思議だ。

そんな「ひみつの感情」は、他にも幾つかあったような気がする。私はなぜそれらを誰かに打ち明けようとは思わなかったのだろう。

プールの後で泣いていた子どもが自分だけではないなんて。染谷さんもそうだったなんて。

――初めてこの世に生まれてきた瞬間みたいに泣く。

染谷さんの声を頭の中で繰り返し再生した。それから、この気分の行き先がわからずに迷子になりそうだったので、ノートを広げて万年筆でぐるぐると無意味な線を引いた。

インクは研究会のメンバーから小瓶で分けてもらったエルバン社のきれいな菫色。「ヴィオレパンセ」と命名されたその色は、分けてくれた人によれば、フランスでは皇帝ナポレオンの時代から20世紀半ばまで、小学校のインクの指定色となっていたそうだ。

川口葉子（かわぐち・ようこ）
文筆業。カフェや喫茶店についての文章をさまざまな媒体に執筆中。葉桜の頃の未明にこの世に生まれて、幼少期の３年間をインドで過ごす。大学時代に喫茶店に入り浸って読書と夢想に耽る楽しみを覚え、以降、喫茶店やカフェから離れられない生活が続く。著書に『京都カフェ散歩 喫茶都市をめぐる』（祥伝社）、『東京の喫茶店 琥珀色のしずく77滴』（実業之日本社）、『東京カフェを旅する』（平凡社）、『コーヒーピープル』（メディアファクトリー）ほか多数。
昨年暮れ、『本のお茶』（KADOKAWA）が文庫化されたばかり。

村松桂

KATSURA MURAMATSU

卵生考

芝居がかった話しぶりに耳を傾け、

彼女は心配している

質素な教会の古い建物が

完全な形に形成され、

破壊が飾りのように、

縁どられていた

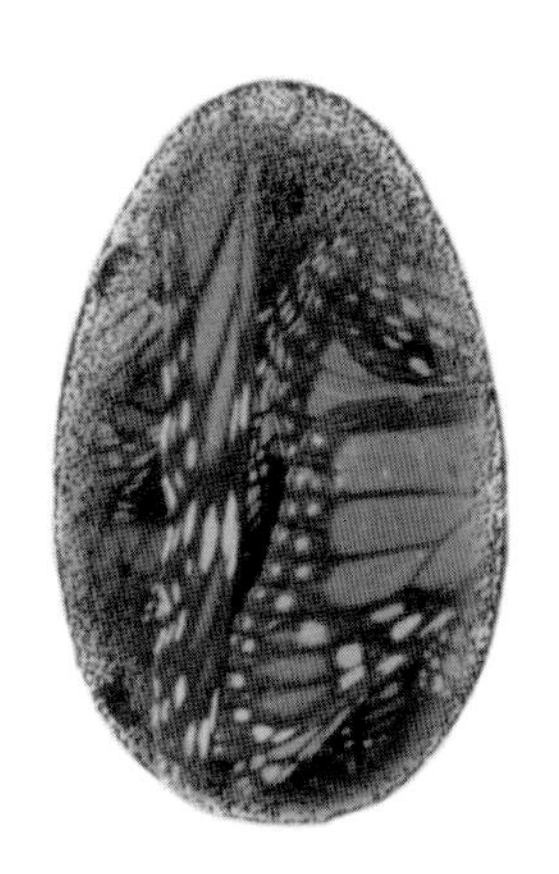

共同体の外側にある運命

この土地で崇拝する目的

不可能かもしれない象徴

自由に感謝を捧げる裏切り

水の中明らかになった意識

湖に浮かぶ素朴な作り話

秘密結社の謎を解く噂（うわさ）

断片の空間に閉じこもる望遠鏡

黄鉄鉱に変化する今夜の夕食。

ゆっくりと息づいている

透光と落ち葉

氷の粒となって降り注ぐ

波の静かな湾

10月の空

その朝彼は、

大きな間違いをした。

湿った峡谷を渡って、

半透明の上空を通過する

激しい雨の中、丘の上から

うなずくように町を眺めた

宇宙論が

華美に飾りたてたその姿を

喜んで受け入れる

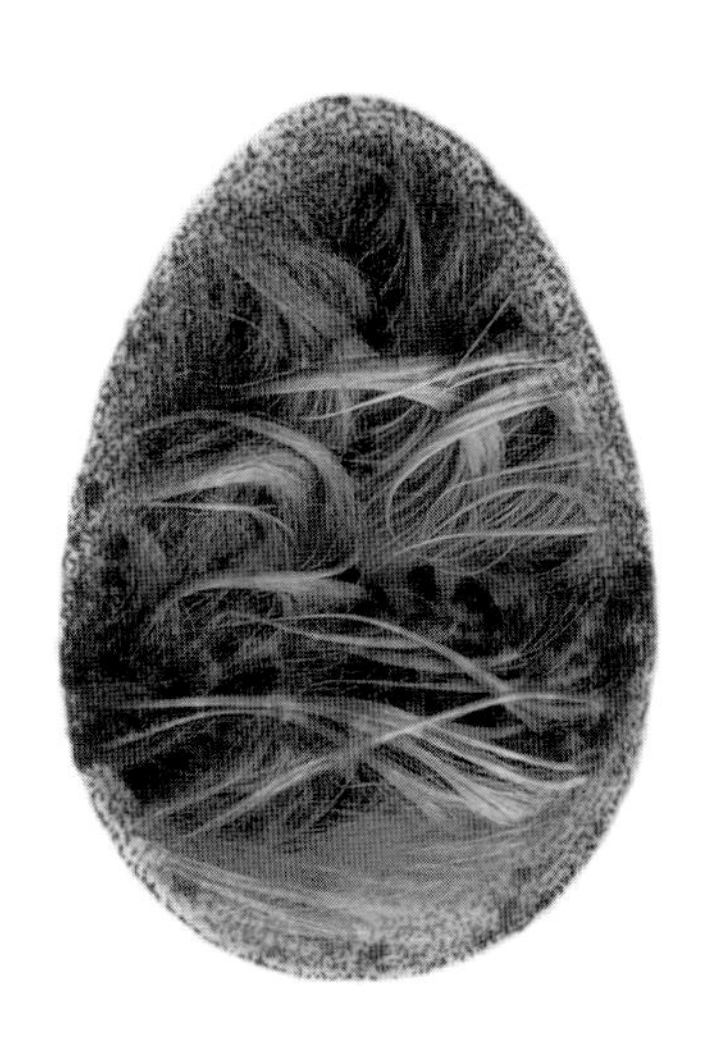

太陽の照りつける小部屋で

それを囲む星々を手に取ると

修道士たちの悲しげな歌が漂う

霧雨のなかで花が散り、

休息も、接吻（せっぷん）とともに失われていった

大気中の

柔らかな光の量

目が見えない甲虫

地図上に引かれた線は

迷宮のような

唯一の系統樹

温度計、

聴覚からの解放

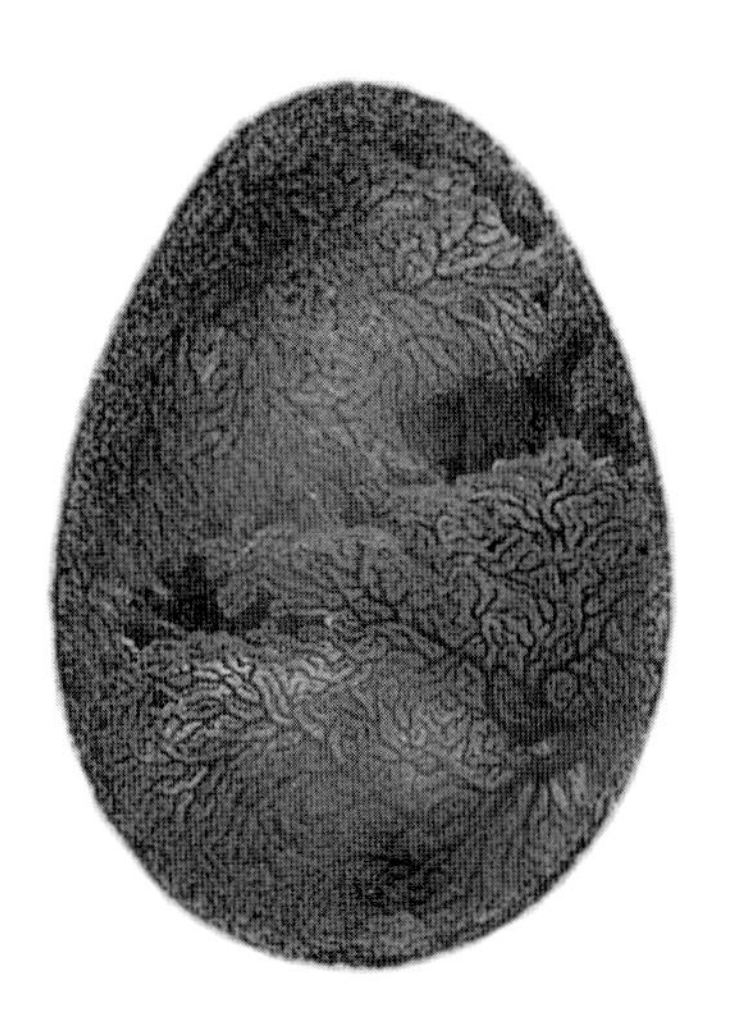

ガラスの向こう側で急激に成長する

この町の終着点は、

空という領域だけだった

別の場所から船に乗って帰還し、

一つの家族が幅の狭い三つの領土を北上する

移動行動そのものを想起させる象徴的な存在

頂上には現存最古の陽光が降り注ぐ

白い衣をまとった

真珠採り

四人の子供が積み上げる

アルミニウムの小箱

輝くような純白の

茶、黄、緑、桃色

信じがたいほど明るい

星が散った、

村松桂（むらまつ・かつら）

写真家。フォトコラージュ、フォトモンタージュ、多重露光といった手法を採用しながら、イメージを重ね合わせることで静謐な物語性を秘めた作品を発表している。

主な個展に「danza margine」（2011年・Lower Akihabara）、「Urvan/Ruvan 旅の記録」（2014年・書肆サイコロ）、「FLUCTUS」（2017年・ギャルリ・キソウ）など。

写真集に『echo song』（2007年）、『Natura naturata』（2009年）、『danza margine』（2011年）、『Urvan/Ruvan』（2014年）、『FLUCTUS』（2017年）などがある。

http://hellerraum.nobody.jp/

蜂飼耳

MIMI HACHIKAI

その角を曲がれば迷子

画廊

　ガラス越しに何枚かの絵が見えて、ここだ、とドアを押し、中へ入る。数人の先客がいて、それぞれ思い思いに、絵から絵へ、移っていく。はっとする。ここだ、と思ったのは勘違いだった。行こうとしている場所は、同じ建物の、別のスペースだと気がついた。

　絵を観ることなく、ただじっと立っている女の人がいる。ここの画廊の人か、それとも作者だろうか。おそらく作者だ。

　観ないでこのまま出ることは、できるだろうか。瞬間、迷う。やはりそれはできそうにない。小さなスペースだし、すぐそばで作者がこちらを見ている。目的地では人が待っている。時計を見る。約束の時間に遅れそうだった。

　時間のことも気になるけれど、この人の絵も気になる。少しだけでも、と思いながら、絵の前に立つ。作品はすべて版画だった。どれも古い写真のような淡い褐色。鉄瓶や、女の人の後ろすがたや、シダの葉など。眺める。吸いこまれる。約束に遅れそうだという事実が頭の中で遠ざかりはじめる。

ある人の言葉を、にわかに思い出す。「展覧会に行くといつも」と、その人はいった。「一枚の絵から次の絵へ、いつ移ったらいいかわからなくて。一枚の絵をいつまでもじっと観てしまって。次々に別の絵が来るから、どうしたらいいいか、わからなくなる」。

なにも答えられなかったその言葉を、胸によみがえらせながら、時間も気にしながら、鉄瓶、後ろすがた、シダの葉。順番に移動する。この人の絵を観る機会はおそらく、もうないだろう。偶然入りこんだ場所での出会いだから。

一巡し、もう一度はじめから。一枚の絵に、いつまで観れば、どれだけ観れば終わり、という期限はない。一枚の絵を観ることに一生を費やす、そんな場合もあるだろう。時計を見る。約束の時間を過ぎている。ここから出なければ、と思えば思うほど、その場所にというよりその時間に、留まりたくなる。出られない。鉄瓶、後ろすがた、シダの葉。

言い訳

片目のハクビシンがひそむ丘をある日、探り当て
一瞬のためらいののち、裏切り者となる
(めくれて土が見えているあそこ、ほらそれが巣穴)

男は鉄砲に弾をこめる
どんぐりのかたちをした金属の、思いがけないあたたかさ
ポケットには体温が　蜜のようにたまって
壊れた覚悟が丘に染みわたる

盗まれたものを取り返す　当然のことと思いこむ
くすねた品を　巣穴へ運びこみ

どんな価値があっただろう
斜めの光をどのように　見つめたか

子どもたちは息をのむ
取り戻した銀のスプーン
湯気の立つスープ　すくうと、
積みあげた本は崩れて
言い訳のように落下した

人形師

人形師は私の腕をつかみ、人形の頭を動かすのに使う材料の一つ、鯨のひげに触らせた。かつて、確かに生きていたその過去を、のぞきこむように触れていると指先へ、潮の音が湧いてくる。

人形のまぶたが、どんなふうに動いて持ち上がり、目が開くのか。口はどうか。手指の関節は。ていねいに説明してくれる。すらすらと、よどみなく。この作業場を訪れる人たちに向かって、何度も、何度も繰り返された言葉だろう。

人形師は、人形の髪に使う毛にも触らせてくれた。長い毛束で、いまは輸入されたものが多いという。売られていった先で人形の頭に使われるなんて、知らないまま、髪の毛を売る人たち。毛束は集められ、運ばれてくる。切り落とされ、どこにも所属しない、心ぼそい時間を旅する。だれの髪でも、およそ意思とは無関係に伸びていく。生きているあいだ、ずっとだ。自分の頭部で継続することの現象に、いつまでも慣れることのできない人も、いるだろう。

木から彫り出された、作りかけの頭がどんな表情からも遠く、黙したまま並ぶ作業場。老若男女、どの頭も、流転の日々の中にある。長年にわたって仕事をしてきた人形師の手になじむ、さまざまな道具。鋭いノミの刃の、重たい光。その場所は、人間の意思でようやく動きはじめるものたちの、受け身の気配に満ちていた。

見送られ、おもてへ出る。頭上に見えない手を感じる。どんな音も立てずに、見えない手指がひそかに動く。肺に新しい空気が入る。気がつけば、いや気がつかなくとも、透明な糸に、あやつられている。

袋の日

ひきだしに
いつかの余り布を見つけ、
いつかと同じ模様がそこへ
くり返されるのを確かに見た
忘れていた　ひと続きの、
まるで野原の手触りに
前触れもなく　つながれた

半分に折れば必ず底ができる
両脇を縫えばどうしても、
袋が生まれる

長すぎない持ち手をつけて

何一つ、
入れたことのない袋を
ぶらさげて　出かけると

いつもの道はだんだんに
知らない道となり
雲の峰、
だんだんとサンダルは軽くなり
夏を知りつくす植物へまぎれて
気づけばどこにもいなくなる

大切な鶏

早朝、
境内に　砂利を鳴らし
鶏のあとを追いまわす

だて巻きの色をした
あかるい　からだ
尾を長く垂らし悠然と

ついてくるものを見捨てて、
ほれぼれするほどの
いかにも　それは

はじめての歩き方

飛び上がり　なじみの枝へ
巻き取られるまでの、
すこし長めの一、二、三

ときをつくる声に
身構えると、
空はふくらみ
たまごのように割れて
だれのものとも知れない感情が流れ出す

電気ウナギ

水草がいくらでも育つあたたかい川の中、電気ウナギはいつも、ひとりぼっちだった。体から電気を発するため、近づいてくるものはだれであろうと、見境なく感電させてしまうからだ。もちろん、悪気はない。

だれかそばにいる、と気づくときには、相手はすでに感電死している。川の底、横たわる相手を、電気ウナギは口をあけて、ひと息に飲む。体の中におさめて、弔う。

悪意はなくとも、自分自身がそのままで悪。そう思いこむ。この暗い納得は、電気ウナギの心を少しだけ軽くした。岩と岩のすきまに身をひそめて、なるべくじっとして、おとなしく暮らす。そのようにして、悪から自身を守ろうとする。けれども、解放区なので、だれかしら通りかかる。小さな海老や、元気のいい小魚たち。

どうすることもできない。感電し、ぴくりとふるえ、それから水にすべてをあずけて、ゆっくり川底へ沈んでいく、海老たち、小魚たち。断ち切られる時間。電気ウナギはがっかりして、悪から身を守ることの困難にあおざめる。それから、気持ちを切り替えて、感電したものたちを腹の中におさめ、弔う。

電気ウナギは、悪について、少なくともその重大な一部分については知っている。そこから自分を守れないことも、思い知らされる。これまでも、これからも、どうしても放電してしまう。心がけでなんとかなる問題ではなかった。見上げると、水面を流れていく泡の列、また列。虹色に光って。瞬間、電気ウナギは思い悩むことそのものを断念する。

踊り場で

階段をのぼると、踊り場になにか白っぽいものが落ちている。紙きれかな、タオルかも、と近づくと、蛾。手のひらほどもあるオオミズアオだった。粉っぽい、翡翠色のはねをいっぱいにひろげ、とまっていた。動かない。

ブラシに似たかたちの、お祭りのようににぎやかな触覚。つやつやとまっ黒な両眼。ここで休んでいるのかもしれないし、もしかすると産卵を終え、力尽きたのかもしれない。太陽が隠れている日に迷いこんだ、青空のかけらだ。

突然、どこかへ返さなければいけない気がしてくる。でもどこに返せばいいのだろう。すぐには立ち去ることができず、触れることも、できはしない。

もうここから消えればいいのに、と思ったら、そのとたん身じろぎし、ゆっくりと動きはじめた。床の上を旋回し、ほどなく舞い上がる。はたり、はたりと、ため息をつくように階下の植え込みへ降下して、見えなくなった。

　上の階から誰か下りてくる。こつ、こつ、こつ、しだいに濃くなっていく、規則正しい足音。やがて踊り場へ、足音は人のすがたとなってあらわれる。瞬間、探るような視線をこちらへ向けて、それからまた階段を下りていった。こつ、こつ、こつと。オオミズアオは帰りたかったのだ。でも、どこへ。その場所がわからない。

食堂

博物館の食堂のような場所が好きだった。まずくても、かまわない。まだ午後の二時だというのに、メニューをのぞきこむと、ホットドッグにもチリドッグにも〈売り切れ〉の文字が踊る。今日、この時間までのあいだに、これらを注文してひっそりと食べた人たちがこの空間にいたと思うと、満たされる。

あまりおいしそうに見えないハヤシライスをたのんで、紙コップに水を注ぐ。厨房の人は無愛想なまま、ごはんにハヤシライスをかける。再考されたことのないインテリア、つまり座面のすり切れた椅子に腰掛け、ぼんやりする。どれだけの人の口へ運ばれたかわからないステンレスのスプーンを持ち上げ、ハヤシライスを食べはじめると、ぬるい。照明はうす暗い。

そうしたすべての取り合わせがなぜか心地よく、この場所に、何度でも座りたい。貝の中身のように、はまるべき場所にはまりこみ、空気の流れを感じながら、さっき見たばかりのものについて反芻する。動物の骨や角で作られた、古代の縫い針、釣り針。遠いものたちを結びつけ、一つにするための、思いつきと道具のすがた。どれもこれも、まぎれもなく、人間の営みだった。

フラミンゴ

たどりついた檻のなか、フラミンゴたちの発色がよすぎて、それはなにかの間違いのようだった。曇り空を背景にしていたから、かもしれない。オレンジ色とも朱色ともつかない、ある種のガスを燃やしたときに一瞬だけ見える色と重なる。その発色の仕方が、私の迷いを見抜いて、指摘する。

フラミンゴたちはどんな遠慮もせずに騒ぐ。静かに、と注意されることもない。中央に水場が設けられ、天然の池の欠落を補おうとしていた。池は、人工物のそらぞらしさを隠そうともせず、開き直った明るさを湛える。曇り空が映り込む。

隣接する檻にはペンギン、少し離れてハシビロコウ。あたりにいる人間の服装を見ても、フラミンゴより強い色を身につけている人はだれ一人いない。すべては、くすんでいる。その日、そのとき、フラミンゴだけが明確だ。

発色の鮮やかさに動揺し、なにかを思い出しそうになる。それがなにか、わからないまま、あたまのなかだけ、うろうろとさまよい出す。

フラミンゴなんて、ふだん考えないし、興味を持ったこともない。それなのに、急に好きになり、心臓のあたりに一日中、花のように咲かせて歩きまわる。

ハム子先生

ハム子先生。ほんとうは漢字で、公子、と書く。公私の公。おおやけのために、生きるひとになるように。そんな親の願いを反映しての名前だろうか、と思ったら、そうではない。「イチョウは漢字で〈公孫樹〉と書きますけれど、その〈公〉から来ています」と、ハム子先生は訊ねる前に、先回りして由来を打ち明けた。「うちに天然記念物のイチョウがはえていて、その樹からとった名前です」「天然記念物？　樹齢、どれくらいですか？」「さあ、わからないですけれど、かなり古いんじゃないかと。子どものころのことですけど、夜になると、あたりはもう、まっくら。闇のなかに、なにかひそんでいてこっちを見ている。そんな感じがしたものです」。

庭に、カモシカが現れたことや、客人があると庭先で鶏をさばいたこと。自分のおばあさんが語る桃太郎の昔話は、ある日、川に桃がいくつも流れてきて、甘い桃こっち来い、と呼ぶとそのなかの一つが寄ってきた、という話だったことなど、ハム子先生は語った。「流れてくる桃は一つではなくて?」「いや、いっぱい。いくつも。次々に流れてくるって話でしたけど。ちがうの?」「はじめて聞きました」「え、ちがうの? うちでは、いっぱい流れてくることになっていたんだけど」。

その町では桃を作っている。出荷は秋、九月。全国でもっとも遅い。それで〈北限の桃〉と名付けられている。「北限というのは、だれかがそれをやってみた結果の限界っていう意味だから、試してみれば、ほんとうはもっと北でもできるのかもしれません」。そういってハム子先生は笑う。

桃はジュースやゼリーに加工される。〈北限の桃〉と書かれたジュースの缶を買い求める。うつすら、雪化粧の山々。吸いこまれるように、見ていたら、飲み忘れる。

蜂飼耳（はちかい・みみ）

1974年神奈川県生まれ。詩人。

詩集に『食うものは食われる夜』『隠す葉』『顔をあらう水』『現代詩文庫・蜂飼耳詩集』（いずれも思潮社）などがある。

文集に『孔雀の目がみてる』『空を引き寄せる石』（白水社）、『秘密のおこない』『空席日誌』（毎日新聞社）、『おいしそうな草』（岩波書店）などがある。

その他、小説、絵本、書評などを執筆。

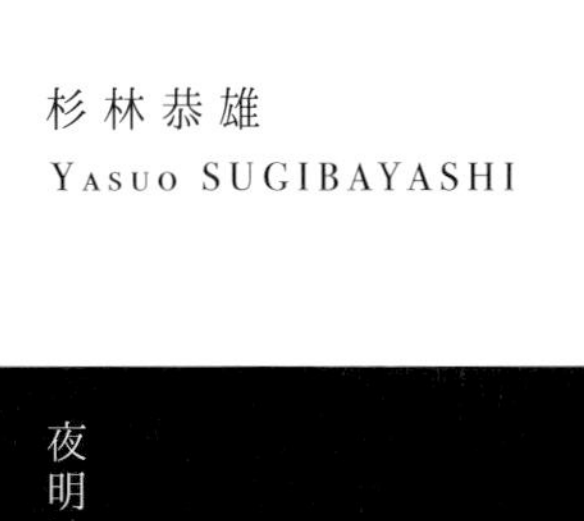

杉林恭雄

Yasuo SUGIBAYASHI

夜明け馬／宙返

映画

荒涼としたアルバカーキーの砂漠の中に
一軒の安ホテルが建っていて
外は燃えるような夕焼けなのに
その部屋はもうすっかり薄暗い
薄暗い部屋のベッドには
もぎりの女が横たわっている

わたしが入って行くと
彼女は
いらっしゃいませ、ご用は何?
と言う
さっきのグレイハウンドバスに乗ってここまで来ました

ネイティブアメリカンの居留地に興味があるのです
彼女はわたしのこころを見透し
それでは切符を一枚買って下さい
と言う
それから細いうでを持ち上げ
ベッドの傍らのテーブルの上にあるちいさなカゴを指差す
そして
わたしがそこから切符とマッチを取り出し
靴の裏で火をつける前に
ブラウスのボタンを外し
胸に美しい劇場を作る

ほの暗い光とともに
映画が始まる

エスカレーター

ぼくが降りて行くとき
ちょうど
花売り娘たちが昇って来るところだった
5月の青空の下で
そのエスカレーターも青く澄んでいた
悲しげな風が吹いて
娘たちの髪をまあるくふくらませていた

まわりくどいラブレター

あの封筒に
〈四季の光同封　取扱注意〉
とだけ書いて
ポストに投げ入れました

彼女が
テーブルの上でトントンとして
上の方をそっと切り離して
ふっと吹いてふくらませて
それから中をのぞいてくれたら
いいんだけれど

この世界が始まってからずっと

この世界が始まってからずっと
空はたくさんのお嬢さんたちを生み育ててきたけれど
おまえさん
言葉だってずいぶんとたくさん生んできたんだよ
もちろん戒めのために
御覧なさい
「池転落注意」
ところがあのかわいらしいお嬢さんがたふたり
そして脚の短い犬
そんなことは気にもしない
大丈夫
わたしたちどんどん歩いて行ける

わたしたち泳ぎが得意だから
このままどんどんどんどん歩いて行って
歩いて歩いて
生きて行って
もうすっかり池の向こう

ほら　ほんとうにもうあんな遠くにいる

ベンチ

ベンチに腰掛けた
顔なじみの老人が
煙草をふかしながら
やあと言う
さあ今日もここにお座りなさい
と自分の膝を叩く
わたしは老人の膝の上にそっと腰掛ける

今や日はすっかり傾き
長くのびた木々の影の中で
ここだけがあたたかく
カラスが鳴き

立ち去り難く

ひととき家の懐かしい灯りも
夕焼けのはやさで遠ざかり

ふたりだけが暮れ残る

カエル

いもうと　いもうと
いもうとつれた　おにいちゃん
ひらがなで
おい　おまえはもうかえれ

でもかえらない
だまってなかずに
たっている

いいよ　いいよ　いっしょにいこう

カエル　カエル

カエルハトオクデ　ナイテイル
カタカナデ
ネエ　パパ　オトトイネ　カエルヲミタヨ

ワタシモミタヨ

ソウカソウカ
パパモミレルカナ
ソノカエル

イイヨ　イイヨ　イッショニミヨウ

夏休み

白い麻のスーツを着て
鼻の下にりっぱなヒゲをはやした
おおきな男が
子供たちを一列に並べて
「よーいどん」
ピストルをパチンと鳴らし
それで子供たちはみな走り出した

男はそのままどこかへ行ってしまったので
仕事から帰ってきた親たちは
心配になって子供たちを探したけれど

どうしてもどうしても見つからず
とうとうその夏休みは終わってしまいました

そんな話しを聞いたことがあります
と、先生は
終業式の日に言われました

しっぽ

彼女はまだ若く
まるで生まれたてで
怖いもの知らずで

ほんとうに子供みたいに
そのお尻にはえた美しいしっぽを
彼に見せている

天のバターがとける頃

天のバターがとける頃
わたしたちは銀色のトースターから
勢いよく飛び出して

空高く
大きなメタセコイヤの木が輝いているのを
見るだろう

杉林恭雄（すぎばやし・やすお）
音楽家・詩人。
'80年代前半からニューウェーブの波と共に呑まれず離れず独自の世界観で音楽活動を続けている。'80年、たったひとりで作り上げた電子音楽アルバム『MIMIC WORKS』の発表を経て'82年QUJILAを結成。以後EPIC/SONYから『TAMAGO』をはじめ数々の作品をリリースした。ひとたびバンド解散を経て、ソロ活動後、再びQUJILA名義での活動を再開している。
近作に『ふたりのラジオを鳴らそうよ』（テレグラフレコード '13）がある。ソロ名義ではウェブサロン『焚火社』で多くの楽曲を発表している。

菱山修三
Shuzo HISHIYAMA

アンソロジー

夜明け

夜が明ける。中空に、星が消えかかる。星が一つ、二つ、三つ、品よく、あわく、すがすがしく、まだかすかに、気遠いばかりのあでやかなひかりを残して、砂丘の上、砂丘をめぐって繁り合うアカシヤの木の上に、数あるそれらの星が消えかかる。数千年来今日始めてのように、今日のひと日があたらしく明ける。鶏が鳴いた。鶏は先刻鳴いた。鶏はもう、とっくに夜明けを予感して鳴いた。ヨーロッパで、中国で、鳴くように息長く鳴いた。鴉が塒を捨てて出て来た。彼等は仲間を語らって、アカシヤの梢から梢へ、下手な警鐘を鳴らしてまわる。めいめいが休息の場所から起き上り、めいめいがその屋根の下を離れる時が来た。やがて日が上るだろう。昨日とはまた別の、いままでにない、今日の歌を、自分もうたい、ひとにもうたわすために、あたらしい勇気と意志の太陽が上る。夜明けと共に、生きとし生けるものは、今日のひと日の開始にいさみ、傾いた心を奮い起し、自分で自分をはげまし、また辛抱強い一日の旅程に就く。いつの日でも自分のことは自分でするより仕方がない。こうして内部をおとずれる、この新鮮な緊張に、皆が皆驚いていい時だ。僕等、ともすれば衣食に窮し、その日暮らしに倦（あ）きあきしたものたちも、まだ眠たげな黄いろいランプを消して、単純に、重たい心の影を払い落（おと）す時だ。西の空に、あわい月が落ちる。夢よりもあわいその月の没（い）りを、なさけふかくあわれむのもいい。はかないまでに綺麗に、絶え入るように、星が消える、星が遠のく。彼等の落城を見送って、まだ青い夜明けの空のなかに、小鳥が鳴き出す。なんの小鳥だろう？　彼等は彼等の歌をうたう。波音も目ざめ、風も立つ、波も立つ。はや綱を引く声も、波音と共に、風がはこぶ。

――漁夫生涯竹一竿

夏は終（おわ）った。黄いろくす枯れた雑草の上に、秋はもう、眼の前に忍び寄って来た。自分の生涯を顧み、生涯の残りの日の、計を立てる時が近づいているのかもしれぬ。この夜明け、このしずかな丘の、またこのしずかな小屋をめぐる夜明け、僕の心に確（しか）と記してもいい、これはまことに絶えてなかった心の夜明け、はやあの草も、あの木も、まだ鳴いているあの虫も、ながく燃えつくした生命の、それぞれの力を知りはじめている。そんな予感に、みんなふるえている。僕の心

よ、もう眼をさましてもいい頃だ。夜が明けた。お前の貧しい心も、いさましく立ち上って、谷間の底の、もう動き出した町の中へ下りてゆく用意をするがいい。ありとあらゆる人間の、嘆き悲しみ憤りを、もう一度お前ひとりで背負うだけの、勇気を持ち直して、出かけるがいい。

幼い日の歌

天使たちがうたう。

中空から丘の上へ降りて来て、優しい歌をうたう、日のひかりだけ賑やかな冬の日に。

すっかり葉の落ちつくした、大きな木々の梢から、その歌はだんだん大きくなってくる。

彼等はいっせいにうたう、高い梢に腰を下ろして。


枝々の虚しく入りまじるあたりから、見下ろしてみるがいい、谷間の底の町を。

町のなかを行くひとびとは、もう、決して空を見ることがない。

頭の上で、精霊たちがうたうのに、耳を傾けるものがない。

けれども、同じ町のなかで、とある家の窓がひらく。

その窓に肘をついて、絶望しているひとりの男が耳を傾け、耳を澄す。

歌はかすかに中空から落ちてくる。遠い、幼い日に、思い忘れたその歌に、彼は愕然として身震いする。

昔の庭

古い庭に、古めかしい木陰。
木の間がくれに、ブランコ。
日あたりに、白い、なめいしの椅子。
——ここへ来て、昔、誰が腰を下ろしたろう？
腰を下ろしたそのひとは、どんな歌をうたったろう？
遥かに高い梢から、かすかに、かすかに、流れてくる子守唄。

町の音

町のなかで、遠雷のように今も聞える、あの物音は何を語っているだろう？
夜の電車が走る、人気ない地下を抜けるように。
たどたどしく車馬が往来する、暗い、見知らぬ街道を行くように。
そして、町の姿はすっかり変ったが、誰も、もう、そんなことはまるで気にかけない。
昔の町の、あの賑かな、様々な時間はどこへ行ったろう？
夜のなかに、毀された町角が、そこだけ刳られたように、取り残されている。
別に不思議はない。過ぎたことは、もう誰だって元通りにはしかねる。
重い足音がだんだん近付いてくる。町の壁に沿って、人影がゆっくり這い上ってくる。
影は茫然として、とある壁に突き当り、その儘闇のなかに消えてしまう。
どこの家だろう？　壁のなかで時計が鳴った、まるで宵の内が真夜中のように。

と、また、どこかから、ひねり忘れたラジオの歌らしい歌が、異様に聴(きこ)えてくる。

誰もいない。誰も見ていない。誰も耳を傾けていない。星だけが降るようだ。

が、どこかで誰かがきっと夜空を見張っている。

夜空は昔からあの通りだった、と云われても、みんなはもう解せない顔をするだろう。

壁と壁との間の、とある窓で、女が咳をした。それからミシンを踏む音がした。

灯を隠した内側で、女はもしかしたら辛抱強い顔をして仕事をしているだろう。

誰も彼女のことを忘れていない、つい、いそがしいので無沙汰をしているだけだ。

一刻を争うので、ひとびとはずんずん移るべき所へ移ってしまう。

そうして、何も彼も、夜のなかで、ピーンと張っているようで、風さえもう溜息を吐かない。

夜景

一

夜の並樹は互いに寄り添う。しかし、それは僕の左右、奥行の長い、見知らぬ町の、ひろい道のなかだ。僕が訪ねなければならないのは、このまた向う(むこ)の、やはり見知らぬ町だ。僕は知っている、この道は巨大な寺院へ通じる筈だ。この自然の無気味な廻廊のなかを、僕はすたすたと歩いている、おそらく、もう二度と通ることもあるまいと思いながら。

二

黒い葬列のように、涯しなく、並樹は続いている。かすかな葉擦れの音、風の音、夜の音は、僕に何を告げようとするのだろう?
僕は立ち停まり、耳を澄し、あたりを見廻す。なにもかも一瞬、この手から滑り落ちてしまうようだ。

また風がひと撫ぜしてゆく。と、細長い影がいきなり倒れて来る、この白夜の往来の上に。それは首を出した、古びた会堂の、傾いた尖塔の影だ。そのあたりから、蜂の唸る音がだんだん近付いて来る。

——晩祷だ。

三

とある並樹の切れ目から、町は構図を変える。僕の深い眠りの底から、何やら羽搏き立つ。なんだろう、不意に、夜の空間に侵入した異様なものは？・――巨大な鳥影？　いや、昔通りの町角なのだ。地方裁判所の、高い屋根の上に傾いている時計塔が、長い影を落している。それが不意に、時を告げて、鳴り出した、寺の鐘のように。僕はその、鳴り終ったあとの、余韻に耳を傾ける。と、誰やら擦れ違った男が、僕のうしろに立ち停まって、咳をしている。

夜は深い……

夜は深い。燈火の下で、ふたりは向いあっている。

——あなたにしても、私にしても、何をしていてもいい。

黙ったままで訳もなく耳を澄したり、なにげなく立ったり座ったりするが、そのいちいちになんにも云わない。

そして、お互いに、気心の知れているということはどんなにいいことだろう。

そういう嘗ての夜がまた淋しいこの夜にかさなる。

事もなく、時の流れるにまかせた、ああいう夜が、しかし、いつまた来るだろう？

それは、もう決して来ることはない、もう決して来る時はない、あなたとは。それは、よその家のなかに見えるが、そのなかに私はいない。

が、なぜ、私はありありとそんな穏やかな夜を夢見るのだろう？

私はもうあなたになんにも云うことがない、なんにもすることがない。この虚しいしずけさには、なんだか或る恐ろしさがある。

ともすると、私はあなたを忘れかけているのかもしれない。

そして、本当に、私の夢みたとおりの、あなたはもういない。どこにもいない、どこを見廻しても見付かることが決してない。

夜明け

私は遅刻する。世の中の鐘がなってしまったあとで、私は到着する。私は既に負傷している。……

菱山修三（ひしやま・しゅうぞう）

詩人。1909年東京都生まれ／1967年没。

中学生の頃から詩作を始め、1931年東京外語大学フランス語科在学中に、詩集『懸崖』を刊行。1935年に創刊された『歴程』のメンバーでもある。ポール・ヴァレリーの影響を多大に受け、その後同詩人やアンドレ・ジイド、ラモン・フェルナンデスなどの作品を翻訳。自身の詩集には『荒地』（版画荘）『望郷』（青磁社）『盛夏』（角川書店）『夢の女』（岩谷書店）などがある。

妻は音楽家本居長世の三女、若葉。

後年は早稲田大学のフランス語講師も務めた。

出典
『夢の女』岩谷書店（昭和23/1948）
『菱山修三全詩集Ⅰ』思潮社（昭和54/1979）
※原文の旧仮名は新仮名に直した。

松本孝一（まつもと・こういち）

写真家。1976年東京都生まれ
主な個展に「REMEMBER ME?」（コニカプラザ）、「ポケットの中の月」（ニコンサロン）、「北安曇」（サードディストリクトギャラリー）など。

コニカフォトプレミオ特別賞、富士フォトサロン新人賞奨励賞など受賞。

2011年、写真家4人で同人誌ニセアカシアを創刊、ニセアカシア発行所を創設。多くの写真家と少部数写真集を制作。編集・ブックデザインを行う。

2013・2014年、企画展「ニセアカシア発行所展覧会」（森岡書店）開催。

清里フォトアートミュージアムに作品収蔵。

2017年、未明編集室に参画、編集とデザインを担当。

辻山良雄 + nakaban

Yoshio TSUJIYAMA + NAKABAN

ことばが生

「こんなよい月を一人で見て寝る」
「ゆうべ底がぬけた柄杓で朝」
「爪切ったゆびが十本ある」

『尾崎放哉全句集』（ちくま文庫）
「色声香味」「野菜根抄」より

一般的には瀬戸内の海はあかるく、おだやかにきらめいているというイメージであろう。もちろん春先の昼下がりや夏の日の夕暮れ時など、内海の持つ長閑さ、やさしさが感じられる時間はある。しかし瀬戸内の端っこに位置する神戸で生まれ育った者としては、それだけではない海の姿も知っている。冬の瀬戸内海は暗く、荒れる日も多い。海面を渡る風は冷たく、海は包み込むというよりは、屹立としてそこにある。尾崎放哉が人生の最後を過ごした瀬戸内の海は、そんな存在だったのかもしれない。

かつてわたしの実家があった場所から十分ほど歩くと、須磨寺という寺がある。そこに放哉が寺男として住み込み、遁世して以降のある時期を過ごしていたことを知ったのは、最近のことだ。

こんなよい月を一人で見て寝る

須磨寺時代の一句。保険会社の会社員として長年を過ごした俗世を離れた放哉は、独りを求めてさすらいながらも、出会った尼僧や子どもたちと触れ合いながら日々を過ごしていたという。完全な世捨て人とは言い切れないイメージがこの頃の句にはあり、わびしい生活の中でも、月を「よい」と思う風雅が残されている。

九カ月の須磨寺逗留ののち、放哉は福井、京都と身を寄せながら、小豆島の西光寺に渡る。瀬戸内海をふたたび渡ることは、それ以降はなかった。放哉が旅だったのは八月一二日の暑い盛りのころだったという。そして小豆島に渡ってからの放哉の句には、一人の影がぐっと深まってくる。

ゆうべ底がぬけた柄杓で朝

一晩、眠りもせずにただ一人起きていたら、あっという間に朝になってしまった。放哉は、ここでは流れ去る時間そのものになっている。過ぎてしまった時間の中で、何の役にも立たずにそこにいる自分を、自嘲気味に嗤っているのだろうか、ぽんと置いたように見える「底が抜けた柄杓」ということばから、人生の底がぬけてしまったような寒々しさを感じる一句。

爪切ったゆびが十本ある

この句も、見るものがほかにないので、自分の指をしかたなく見ているという風情だ。この頃の句には、我々のよく知る〈放哉な感じ〉が色濃く出ている。自分の指をひたすら見つめる放哉の、内に向かう視線の強さ……。そのような孤独の極みと言えそうな時でも、自分の手のひらには指が十本あった。かわいたユーモアが放哉を、深まる自意識の淵から一瞬救い出す。放哉に「句」という表現手段があり、本当に良かった。

やせたからだを窓に置き船の汽笛

最後に遺された手記からの一句。享年四一歳。今ならまだ、人生の盛りの、早すぎる死であった。

辻山良雄（つじやま・よしお）

『Title』店主。1972年神戸市生まれ。

’09年より書店『リブロ』池袋本店にてマネージャーを勤め、’15年７月の同店閉店後退社。’16年１月、東京・荻窪に新刊書店『Title』を開業。

開店一周年当日、はじめての著書『本屋、はじめました』（苦楽堂）を、同年11月には２冊目の著書となる『３６５日のほん』（河出書房新社）を上梓。

新聞・雑誌などでの書評や、カフェ・美術館などのブックセレクションも手掛ける。

nakaban（なかばん）
画家。広島県在住。1974年広島県生まれ。旅と記憶を主題に絵を描く。絵画作品を中心に、印刷物の挿絵、絵本、映像作品を発表する傍ら、音楽家のトウヤマタケオと『Lanternamuzica』を結成し、音楽と幻燈で全国を旅する。’13年には新潮社『とんぼの本』のロゴマークを制作。主な作品に絵本『よるのむこう』（白泉社）、『みずいろのぞう』（ほるぷ出版）、『ないた赤おに』（濱田康介作／集英社）、『フランドン農学校の豚』（宮沢賢治作／ミキハウス）等。

牧田紗季
SAKI MAKITA

この小さな逃避行 2017
38×45.5cm 絹に水干絵の具、岩絵の具

もし生まれかわったら 2016
21×45.3cm 高知麻紙に水干絵の具、岩絵の具、銀箔

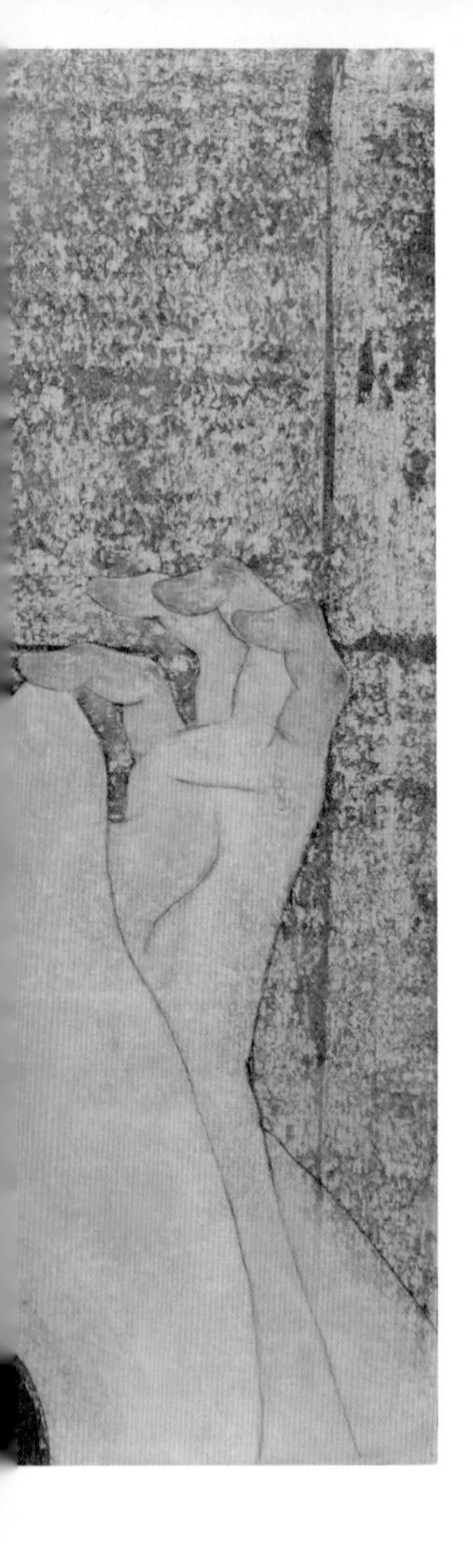

アカシジア 2015
27.3×22cm 高知麻紙に水干絵の具、岩絵の具、銀箔

染み 2015
15.8×22.7cm 高知麻紙に水干絵の具、岩絵の具、銀箔

牧田紗季（まきた・さき）
画家。1990年鹿児島県生まれ。
2013年 京都精華大学芸術学部造形学科
日本画コース卒業
2015年 多摩美術大学大学院修士課程絵画専攻
日本画領域修了

個展
2015年「耳鳴りの間」（ギャラリー椿/京橋、アートスペース亜蛮人/大阪）
2015年「白昼夢と投身」（アートスペース88/国立）
2016年「つめたいまどろみ」（画廊Zaroff/初台）

主なグループ展
2013年「2013ユニグラバス小品展」（ギャラリーUG/日本橋）
HOTサンダルプロジェクト「2013未来の収穫祭」（丸亀市生涯学習センター/香川）
2014年「狂気乱舞」（アートコンプレックスセンター/新宿）
「Octet ―2014多摩美術大学大学院日本画領域2年生展―」（佐藤美術館/新宿）
2016年「spring show」（ギャラリー椿/京橋）
2017年「羅針盤セレクション」（アートスペース羅針盤/京橋）
2018年「Roppongi α Art Week」（Shonandai Gallery/六本木）

平田詩織
Shiori HIRATA

エバーグリーン

遠くでなにかを燃やしている人がいる。
やさしい、森のにおいがやってきて
みどりいろのものを燃やしているのだとおもう
じきにこわれてしまう（世界）のために

わたしたちはこうして
欠いてゆく輪郭を眺めることでしか
たしかめることができないのだろうか
時が解かれ記憶をうしない
血の色をした光がすべて洗い流してゆくのを
なすすべもなく見つめるだけの

それとも

（それとも？）


目を開けてすぐには泣いていることに気付かなかった。傾いた西日に照らされた部屋は行き場をなくした熱に火照り窮屈におさめられた身体もまた灼けるような熱を籠らせている。汗ばんだ首筋に触れる指先まで重たく湿っている、無機質な秒読みが点々と額を打つのを受け止めてあおのいたままやわらかく袖を抜く。皮膜が一枚剥がれてようやく呼吸の仕方を思い出すこの気怠い午後、ゆっくりと息を吐きながらうたたねの目録を攪拌する溶け出した葉群れのざわめきの中をなつかしい声が舞って紛れ、そして分からなくなった。

もう何度くりかえしたのかこのまどろみの一幕についておもいかえす間もなく。

時報が鳴る、わたしはなぜ泣いているのだろう。

半壊したあなたの姿は
鏡の中で鳥のようだ
（なにがそんなに悲しい？）
こわれてしまうことに
ちからなくもたれかかり
いつまでも鋭利なままでいる肌で
どこへ行きたいの、と問う
夢が鏡と間違えるほどにつめたい
足音はかならず去ってゆくから

退屈すぎて　　言葉の積荷もとうとう燃やした
あなたの目をみつめて語らうすべての言葉に　　退屈してしまったのよ
こうして倒れてしまうことは　　語るすべてを聞き届けて欲しい
誰よりも傷付けたいと願う心に　　どんな悪意もないことを証明したい

言葉ひとつもいで煉獄と名付ける
顔をしかめるとその人は
これはおまえの仕事だから、と目だけで言う。おまえのかわりに。
唐突に、ゆるされたい、と思う
裁かれたいとも。ふてぶてしい重さだ。
もしも会えたら倒れるまで殴って欲しい、
目覚めてすべてのものに優しくなれるくらいひどく。

薪を割るような乾いた高い音が等間隔にやってきて
すぐにここが現実になる、
うねりくる痛みの中で眠るのが仕事。毎朝眠るように夢を起きた。

船に乗り合わせてどこかへ出発する夢は、いつもわたしをやすらかにした。ともに在るという実感だけが目覚めへのきざはしとなりやさしく心を撫でるのだがどうしたことか振り返れば避けようもなく到来する悲劇的な終末の気配に空は澱み、くりかえされる朝は愛の終わりについて語る声とともにやってくる。悲鳴によってもたらされる朝。（世界）がこわれることをどうしても避けられないわたしたちがこうしてうしなってゆくもの、狂わない身体、所在のない身体、それがわたしの記憶なのかほかの誰かのものなのかがわたしにはもう分からなかった、分からなかったのだ――

目覚めてすぐにはどこにいるのかが分からなかった。こんな日はものの場所の記憶もあやしく、ゆめをおぼえている。人の顔をした時計から時間をつまみあげる。点々と空いた場所、そこにわたしはいない。耳がおかしくなるほど叫ぶ喉がほしい、と見慣れた十字路ですすむ道を選びながら思う。花を散らしたあとの若い緑は澄んだ色のまま重なりあいながら帰路を埋め尽くしてゆく。風が吹けば木々はうねり、背高くゆるく編んだ庇をゆらした。甲の薄い足。簡単なつくりのサンダルからのぞく幼げな足指がちらちらと移ろう木漏れ日を受けとってちいさくリズムをとっている。内側から灼けてゆくこんな身体でどうして、帽子を被ってくればよかったのに。うつむいた視界のすぐ傍を散歩の犬の影が行き過ぎる、首の後ろの骨のおうとつを静かに辿られたような気がして目をあげる。かれの足取りはとてもゆっくりで、止まるように振り返ったその目を見て年老いていているのだと分かった。

森のような目。生い茂る緑。

わたしは。

わたしたちは年老いてゆくこんなにも鮮やかに。

わたしたちは、途絶えつづけることはできない
とこしえの目に問う
問われることで覚めてゆく（世界）の歪みをもう宿している

深い土地の裂け目に耳を這わせて
心臓に住まわせたままの
人の姿をした声を聞く
かなしみはゆるされて
まぶしく抱きかえす腕を染める
片方の耳は差し出そう
ひらいてうるおしたままで
あなたの名のついた空席のために
どこにもいないわたしたちのために。

不可避の愛
そして
愛から覚めてゆく息
絡まる蔦の

したたるような緑を
目の奥にまねく
繁茂する思慕を
てのひらで包む、象る

うすいくちびるのうえを
裸身の稲妻が過ぎていった
幾度となく照らされた
横顔からは遠い
森のにおいだ
金糸銀糸が踊る
子午線の襟足を背に
両腕をひらくとき
焼け野を抱いて（うつしみ）が目を覚ます

平田詩織（ひらた・しおり）

1985年生まれ。

第一詩集『歌う人』（思潮社 '15年）で歴程新鋭賞受賞。『文藝春秋』『朝日新聞』などへの寄稿がある。

基本的に自作を朗読することはない。

自身のウェブサイトで自由な表現を行う。

http://matataku.net/

森下くるみ
Kurumi MORISHITA

わたしが座ったのはＴＨＡＬＹＳ（＝タリスはフランス、ベルギー、オランダ、ドイツの各国を結ぶ高速国際列車）の一等席である。目当ての二等席が売り切れていたので、完売寸前だった一等席を滑り込みで購入したのだ。

ＴＨＡＬＹＳに乗るのは二度目で、公式サイトは便利なことに日本語その他に対応しており、乗車券の購入だけでなく、発券までをインターネット上で済ますことができる。チケット代わりのＱＲコードをスマートフォンに保存しておけば、あとはそれを車内を巡回する駅員に提示するだけ。難しいことや面倒なことは何もない。

三、四日早めに乗車券を買えばホテル代に相当するくらい割引されたのに……などと、せっかくの一等席でわたしは至極ケチなことを考え、宿を出る前に急いで作ったバゲットサンドをリュックから取り出し、巻きつけたラップを半分はがして齧った。切り込みを入れた食べ残しのバゲットに生ハムとひと口大にちぎっ

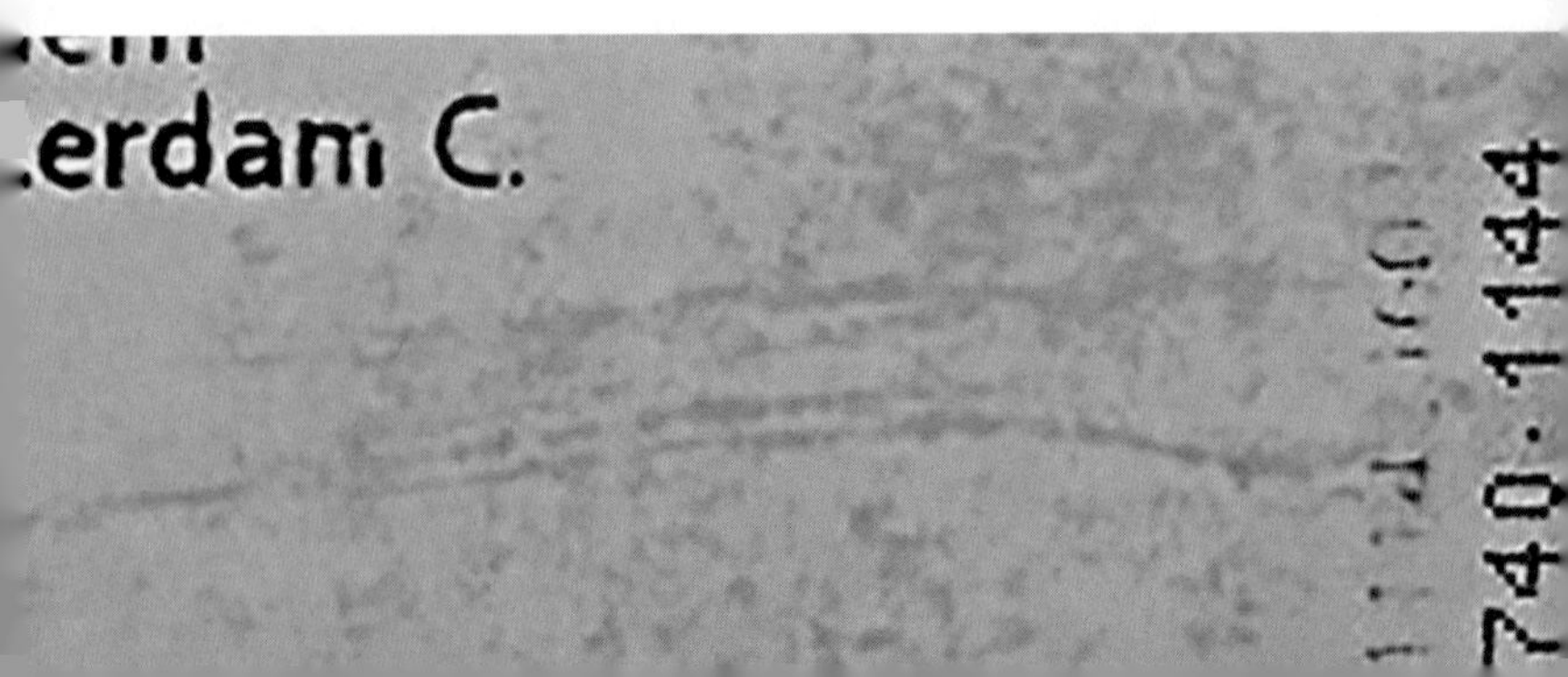

たカマンベールチーズ三、四切れを挟んでオリーブオイルを垂らしただけのサンドイッチは、早朝に適している。

ブリュッセルを出発したのは三〇分前で、目的地のアムステルダムまではあと一時間半ほどである。ベルギーのアントワープには二泊、ブリュッセルでも二泊、今向かっているアムステルダムには四泊する予定で、そこから再びパリに戻れば二日後に帰国というわけだ。

厚みのあるパンにもうひと口噛みついたところで、車両の自動ドアが静かに開いた。

ワゴンを押した女性が現れ、客席でくつろぎ始めた人々に飲み物やパンの載った大きなトレイを手渡している。

もうすぐ朝の七時だ。乗車券を購入するときに詳細を見落としていたのだが、一等席には時間帯によって軽食サービスがつくらしい。

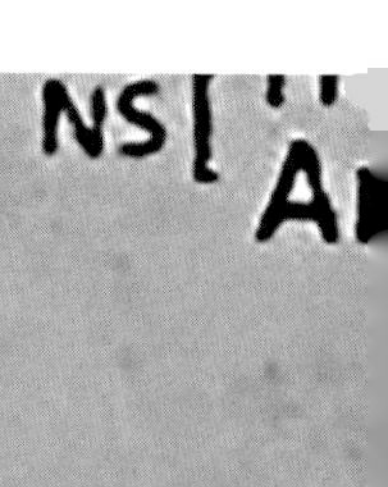

わたしはパンに目を落として、欠けたバゲットにラップをかけ直した。機内食ならぬ車内食のサービスとはどんなものなんだろう、と興味がわいたのである。

パンをリュックの中に押し戻し、膝のあたりに散らばったパンくずをはらって座席についた折り畳みテーブルを引っ張り出すと、ちょうどよくワゴンがきてトレイが置かれた。

オレンジジュース、コーヒー、乾いたパン二種、紙のように薄くスライスされたハムとチーズ、ヨーグルト、ひと口サイズにカットされたリンゴ、マーマレードの小瓶、マーガリン、コーヒー用ポーションミルク。注がれたばかりの温かいコーヒーにミルクを注いでみる。

冷えてかちかちのマーガリンをトレイの端に追いやって、フォークの先ですくった薄いハムとチーズをパンの上に置き、二つに折って口に入れた。

しばらくもそもそと噛んだ。美味いも不味いもないまま、ぬるいコーヒーで胃の腑に落としたが、お腹は膨らんだ。またもそもそ噛み、コーヒーを啜る。

窓の外には草木の緑とその土地の家々と薄灰の空があった。北へ北へと向かう景色に劇的な変化はない。

暖かな車内で、ひとり掛けの座席にゆっくり埋もれていった。

眠気に襲われ始めた頃、列車がトンネル内で停車した。

閉じかけの瞼を黒い窓にやると、しばらく経って再び発車した。が、のろのろと五分ほど走行してから、それほど大きくない駅で停まってしまった。

車内に、聞き取りづらいくぐもった声のアナウンスが響いて、わたしはしぶしぶ瞼を開け上半身を起こした。

動く気配のない列車の中で、ひとり、またひとりと乗客が席を立つのをぼんやり見ていた。

列車の扉が開き、コートを羽織り荷物を手にした人々が、やれやれという顔でホームへ降りていく。わたしは荷台から大きなリュックを引き出すのに手間取り、すっかり出遅れてしまった。

女性乗務員がやってきて車両の荷台を点検し始め、わたしを見つけるなり向かい側のホームを指さした。ドアを開けて停まっている電車へ移動しろとの無言の指示である。

荷物を抱え直してTHALYSから降りると、外気はさらに冷たくなっていた。薄いモッズコートで防寒できるわけがなく、手指はみるみるかじかんでいく。

車両故障によりTHALYSから締め出しを食った乗客たちは、高速列車から普通電車へ淡々と乗り直していた。人々は壁に寄り掛かったり、スーツケースの上に腰かけたりして発車するのを待った。

わたしは車両と車両の間にある広めのデッキに滑り込み、壁際にリュックを置いてしゃがんだ。

何時何分に発車予定です……そんなアナウンスが流れている。これが中国だったら何一〇分、何時間待つだろう。いつかの夏、泰山駅で黄山駅へ行く列車を二時間近く待ったのを思い出す。

しかしアムステルダム行きの電車は一〇分もしないうちに動き出し、何ごともなかったように進んだ。

「こんな日もあるんだな……」と気をまぎらわせるため文庫本を読み出してみたものの、なんだか気が乗らない。

車内にいる人の顔を眺めたり、窓の外を覗いたり、落ち着かない四〇分が過ぎてアムステルダム中央駅に到着した。

すぐに地下鉄に乗り換え、ベイルマー・アレーナ駅へと辿り着いた。やけにだだっ広い駅だなと驚いたのだが、ドーム型スタジアムやシネマコンプレックス、五五〇〇人収容のライブハウスなど、超大型施設が周辺にあるらしい。

改札を出たところで、ポケットからゲストハウスの住所と簡単な地図を記したメモ紙を取り出した。出口はスターバックスのある方で合っているし、道順もごく単純である。ホテルへは五分もかからず着くはずだ。

しかし目印のスーパーマーケットを通り過ぎてもゲストハウスの入っている建物は現れず、広場と商店街をよたよた歩き回るうちに三〇分が経った。極寒での迷子は辛く厳しく、孤独であった。

わたしは近くを通り過ぎた若い黒人男性に声をかけて宿の住所を書いた紙を見せ、「ここに行きたいんです」と伝えた。男性は住所をじっと見つめ、あたりを

見回し、駅を背にして「あっち」とわたしが歩いて来た道を示した。

「えっ、またこの道を戻れってこと?」

男性は腰までのドレッドヘアを揺らして頷いている。まっすぐ行けば図書館があるから、と言い残して彼は広場の向こうへ去って行った。

はて、そんなとこあったかしら……。

半信半疑で戻ってみると小さな図書館が建っていた。さっきはこの手前を引き返してしまったのだ。

そのまま進んで、「あっ」と思わず声が出た。図書館の裏手に建物が隠れており、奥に引っ込んだエントランスにゲストハウスの所在を知らせる看板が見え、その場にへたり込みそうになった。スーパーマーケットを左折したあとに「これでいいはず」と思い込んだあの細い道はまったくの選択ミスだったのである。

エレベーターで四階へ上がると、イスラム系の服装をした宿泊客の女性とすれ違った。寒さと疲労で青ざめながら挨拶を交わし、ゲストハウスのドアを引いた。

視界いっぱいにロビーが広がり、パンの甘い匂いがした。

遅めの朝食なのか、トーストとコーヒーを手にした女性が目の前を通り過ぎ、カフェスペースに置かれた丸テーブルの一つに腰を落ち着けた。ロビーはテーブル席だけでなくソファスペースもあり、壁掛けのテレビを観てくつろぐ人がいる。

受付では学生のような若い女性スタッフが、先客に宿泊に関しての説明をしている。順番がくるまで椅子に腰かけ、壁に飾られた巨大な油絵を眺めていた。横顔の女性を描いた、赤を基調としたダイナミックな色使いの絵だ。縦はどう見てもわたしの背丈以上だし、横は手を拡げたくらいの長さだから、キャンバスは120号か130号か。

ふと視線を外すと、窓枠とその周辺は赤紫で、いくつかのソファも同じ色をしている。内装の至るところに女性専用ゲストハウスの個性が見て取れた。

受付の女性がこちらに向かってにこやかに微笑んだ。

わたしは席を立ち、ネットで予約しましたと名前を告げた。チェックインの時間には早かったが、「ベッドの清掃が終わっているのでまったく問題ない」と女性は言う。

各部屋のドアについているボタン式の鍵の解錠について、ベッド下のセーフティボックスの扱い方、そして「チェックアウトの際に必ず提示してください」と名刺サイズの紙切れを渡された。これと引き換えにデポジットを返金してくれるらしい。今にも失くしそうなその小さな紙をパスポートに挟み、同じフロアにある部屋へと向かった。

女性専用のホテルなので、当然ながら女性しかいない。だからといってリラッ

クスできるわけでもなく、部屋に入るのにも微かな緊張感をおぼえ、教えられた4ケタの番号で解錠すると、恐る恐るドアを押した。

白いパイプの二段ベッドが二台ずつ、両側の壁沿いに設置されている。わたしは右手前の下段である(ゲストハウスに泊まると入口近くに配されることが多い)。

部屋には白人の女の子が二人いた。片方は右奥のベッドに伏して充電器に繋いだスマートフォンでメールを打ち、もうひとりは化粧品を散らばした左奥のベッドに腰かけ、手鏡を覗き込みながらマスカラを塗っている。

二人同時にわたしを一瞥したので、小声で「ハロー」と声をかけたが、それぞれ自分のことに忙しくてリアクションはない。

まあいいやと、床にほこりやゴミがないのを確認してリュックを下ろし、ショートブーツから足を抜いて下段ベッドに潜り込んだ。あぐらをかいて座っても頭上に圧迫感はなく、隣のベッドとの間に小物や洗面道具を置ける棚もあって、極小サイズではあったが、そこはひとつの部屋となっていた。

ひと息ついた途端、身軽になった身体に疲労感が波のように押し寄せてきた。ホテルまでの道で冷えてしまったのか、首筋や肩、腰から足首までがみしみしと痛む。あぐらのまま軽いストレッチをしてみたが、改善にはほど遠い。

ベッドの上で前屈みになった私の目の前を、コートを着込んでリュックを背負った先客の女の子たちが通り過ぎていく。自動ロックのかかるドアは閉まるときに不快なほど大きな音を立てた。八人部屋である以上、夜も昼も朝方も人の出入りは絶えないだろう。

ここでくつろぐよりもロビーでコーヒーを飲もうと思い、肩掛けカバンの中に、財布、スマートフォン、買い物用のビニール袋、メモ帳、リップクリームを詰め込んだ。

靴を履こうとしたところに、解錠音とともに勢いよくドアが開いた。

さっき出て行った女の子が忘れ物を取りに来たのかと思ったが、入室してきたのは、だぼだぼの長袖スウェットに黒いスパッツを穿いた、中年太りの女性だった。

のっそりと野太い声で「ハーイ」と言った彼女は、すぐ向かい側のベッドの下段ぐちゃっと丸まった掛布団に、持っていたフェイスタオルを放った。ベッドのフレームには手洗いした靴下や大きな下着が二、三点引っかけてあり、小物用の棚は上下ともフル活用で、旅慣れした人というよりは何十年もそこに住んでいる人に見えた。

わたしは「あ、ハロー」と間の抜けた返事をして靴を履いた。

中年女性のじとっとした目がこちらを向いた。

——あなた日本人ね、どこから来たの？　学生？

驚いて顔を上げ、彼女の母国語訛りの英語につい「はあ」と曖昧な返事をしてしまった。どこに住んでいるのかと次の質問が来て、京都だと答えると、京都は美しい街ね、もしかして交換留学生？　学校はオランダ？　とたたみかけられ、いえ違いますけどと言葉を濁したところに、じゃあパリ？　と強引な口調できたものだから、すこし面倒臭くなって、まあそうですねえと迎合したのがいけなかった。

中年女性は浅黒い顔を歪め、あなたどうしてフランスなんか選んだのよお、と声を荒げた。

さらに、意地悪な人ばかりいてパリはすっごく苦手、でもイタリアとスペインは大好きよ、あの国の人たちは陽気でしょと蔑み笑うので、わたしはやはり「はあ」と言って、ベッドに腰かけた状態で固まっていた。

フランスでなにか忌々しい出来事があったらしい。現地の人とケンカでもして

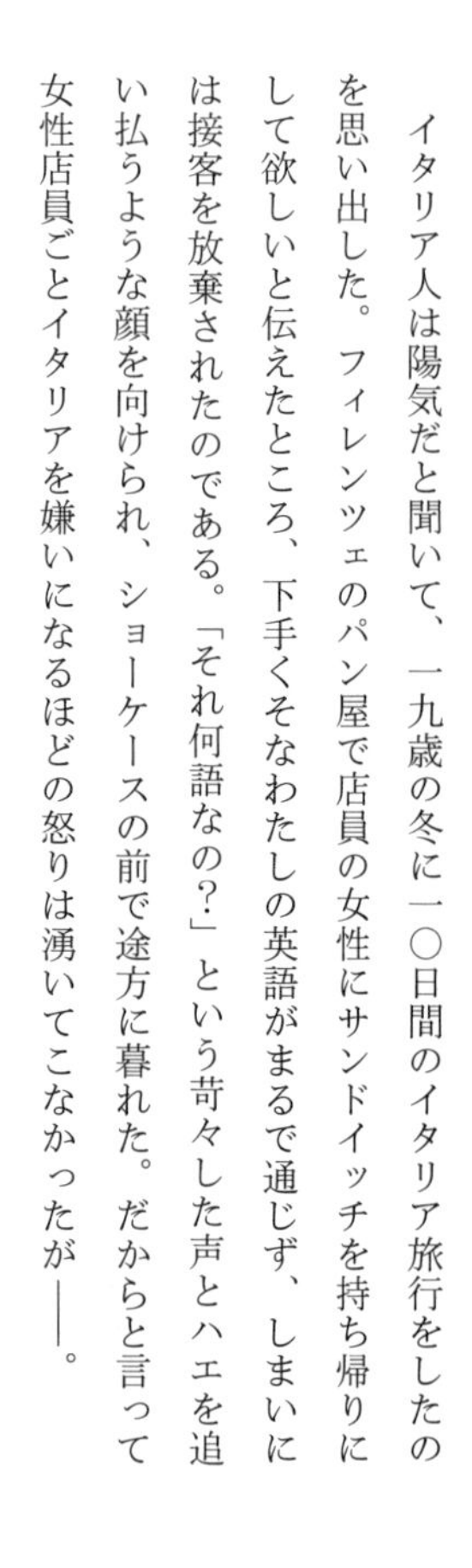

きたのだろうか。

イタリア人は陽気だと聞いて、一九歳の冬に一〇日間のイタリア旅行をしたのを思い出した。フィレンツェのパン屋で店員の女性にサンドイッチを持ち帰りにして欲しいと伝えたところ、下手くそなわたしの英語がまるで通じず、しまいには接客を放棄されたのである。「それ何語なの?」という苛々した声とハエを追い払うような顔を向けられ、ショーケースの前で途方に暮れた。だからと言って女性店員ごとイタリアを嫌いになるほどの怒りは湧いてこなかったが――。

中年女性は身振りを交えてまだ何かを呟いているが、わたしは話したいことが思いつかない。

部屋に白けた空気が立ち込めると、中年女性は急に無口になり、こちらに背を向けた。そして、ベッドの柵に手をかけ、もう片方の手で穿いていた黒いスパッツを脱いだ。

へそまで隠れる濃いピンク色の下着と、そこから溢れた贅肉と、垂れたお尻が露出し、わたしは傍らに置いたバッグをつかんで部屋から逃げた。

誰もいないキッチンスペースで、ふうと息を吐き、コーヒーメーカーの電源を入れたらようやく緊張が解けた。

アントワープのホテルで一杯2ユーロしたカプセル式のコーヒーは、ここでは無料である。臙脂色の戸棚の中にストックされた紅茶や緑茶も自由に飲める。

キッチンの一番奥にある冷蔵庫の中には宿泊客の食材がぎっしり詰まっていて、葉物の野菜、チーズ、ハム、ヨーグルトの他、牛乳や瓶入りのジュースだけでなくシャンパンや白ワインが冷やされ、半分にカットされラップのかかったグレープフルーツにはやはり持ち主の名前が書かれていた。冷蔵庫の取っ手にぶら下がった、使い込まれた黒マジックが微笑ましい。

マグカップに注がれたブラックコーヒーにふうふう息を吹きかけ、湯気とともにひと口啜った。ロビーのテーブル席でそれをやっていると、黒スパッツから普通のパンツに履き替えた中年女性がゆったりとした足取りでトイレに入っていくのが見えた。

同室の人たちが普段どんな仕事をしているのか、家庭があるのかないのか、住まいはどこかなど、詳しく知りたいと思ったことがない。必要にかられなければ年齢も名前も聞かない。

ロビーでゆっくりとコーヒーを飲んでから、わたしは最寄り駅近くのドイツ系スーパーマーケットに行き、カートを引いて広い店内を隅から隅まで物色しながら夕飯と朝食の買い出しをした。

ショーケースに並んだ冷凍チャーハンが気になり、取り出して値段を見る。アムステルダムまで来てお惣菜のチャーハンを夕飯にするのかと躊躇するところだ

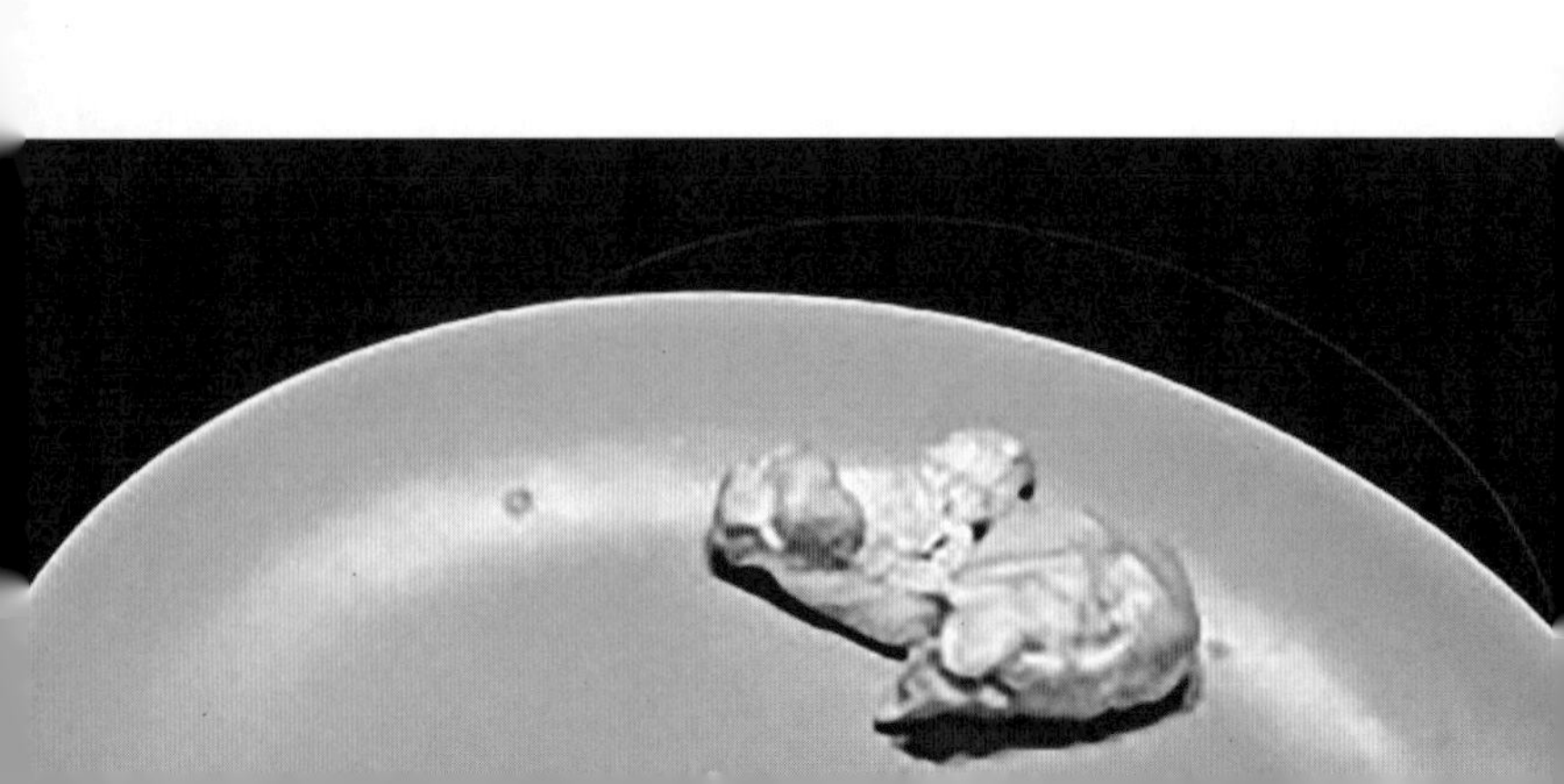

が、炒めたお米が食べたいので構わずカゴに放って、野菜コーナーで量り売りのにんじんを一本、たまねぎをひと玉選んだ。野菜はみじん切りにしたのをオリーブオイルで炒め、チャーハンの具にするのだ。

せめてワインはオランダ産を選ぶつもりである。そこそこ美味しいワインさえあれば、知らない土地でのひとりの夜も、昨日と同じく穏やかなものとなる。

森下くるみ（もりした・くるみ）
1980年秋田生まれ。文筆家。『小説現代』2008年2月号に短編小説「硫化水銀」（のちに電子書籍化）を発表。
著作に『すべては「裸になる」から始まって』（講談社文庫）、『らふ』（青志社）、2016年5月に『36 書く女×撮る男』（ポンプラボ）を、8月に『虫食いの家』（kindle singles）を発表。季刊誌『東京荒野』第6号より旅エッセイ『回遊録』の連載を開始。歌詞、エッセイ、小説など執筆は多岐に渡る。

ハルカ

HARUKA

土曜世田谷、雨上が

いつかお金持ちになったら

いつかお金持ちになったら
猫と犬を一匹ずつ飼いたい

いつかお金持ちになったら
雨の日はタクシーに乗りたい

いつかお金持ちになったら
オムライスに卵を3つ使いたい

いつかお金持ちになったら
800円のコーヒーをおかわりしたい

いつかお金持ちになったら
青いガラスの一輪挿しを買いたい

いつかお金持ちになったら
月に3回はチョコレートパフェが食べたい

いつかお金持ちになったら
浅草花やしきを貸し切りにしたい

いつかお金持ちになったら
妹にたっぷりごちそうしたい

いつかお金持ちになったら
アイルランドの星空が見たい

いつかお金持ちになったら
ＩＣカードに２万円入れたい

いつかお金持ちになったら
あの子に突然花を贈りたい

いつかお金持ちになったら
あの人に一戸建てを買ってあげたい

いつかお金持ちになったら
家族を作りたい

いつかお金持ちになったら

家族旅行がしたい

いつかお金持ちになったら
結婚式を挙げたい

いつかお金持ちになったら
君を東京にいさせたい

いつかお金持ちになったら
君に何にも心配するなって言いたい

いつかお金持ちになったら
君と暮らしたかった

問1

水溜りに足を突っ込んで浸水する速度　わる　人前で泣かなくなった年齢
ひとひとり欲しいと思うことの重量　ひく　たまったビニール傘の本数
深夜3時の空車タクシーの台数　かける　捨てていかれた女の数
朝5時の満車タクシーの台数　ひく　捨てていった男の数
日焼け止めを塗った総面積　わる　自販機のワット数
あなたを待っていた日数　たす　嘘つきの顎の角度
煙草が燃え尽きる時間　わる　蜩のデシベル値
消防車のサイレン音　たす　夏至の日照時間

殺したい人の数　ひく　鶏肉の賞味期限
キスの回数　かける　新宿×丁目
中原中也　わる　精神年齢
妥協案　たす　浮気心
嫉妬　かける　嫉妬
後　ひく　恋
答。
0　……27回目の夏

今日未明

たべているときとおふろにはいってるときのなみだはよけいしょっぱい

燃え尽きるものばっかりを憶えてるロウソク花火たばこ焼肉

もえつきるものばっかりをおぼえてるろ　う　そ　はな　び　ばこ　やき　く

以前にもどこかでお会いしましたか恋することは思い出すこと

彼はいつの間にか側にいて
どこかで見たような顔をしている
だけどいつだったかどこだったか
思い出せないまま
ずっとここにいたかのような自然さで
鬱陶しいくらいに私を抱くのだ
彼が触れたあとはいつも
何だか妙にもの哀しいのだった
彼の匂いは
5歳の頃妹の手を引いて歩いた
小さな公園までの泣きべその道
あるいは

さびれた遊園地でシャッターを押した
しわしわの指
そして
あの子に言い放った「死ね」という言葉
新宿ゴールデン街の
アスファルトにはりついた影
木造アパートの扇風機
祭りのあとの境内と下品なネオン
甘く生ぬるい風
去年とは違う人と行った地下の珈琲屋
色んなことを隠したままで続けてきた暮らしと
そのせいで草が生え放題になった
炎天下の墓石
駐車場の線香花火

愛してはくれない人の瞼
そういうものの匂いに似ていて
愛おしさも憎しみも結局同じ激しさにたどり着くのだと
たまらず
二度と会いたくない
そう口にはせずに思った翌日
彼はまたいつの間にかいなくなって
それはあまりにあっけなく
妙なもの哀しさだけが
少し開けた窓の隙間から入り込んでくるのだった
すっかり涼しくなった街へ出てみると
誰もがなぜか
彼の気配を探しているような
彼がいたことなど忘てしまったような

そんな顔をしていて
私は服についた残り香を嗅ぐのだった
悲しくないのに涙が出るときは
誰かが悲しいのに笑っているとき
彼の名は8月といった

以前にもどこかでお会いしましたか忘れた頃にまた会いましょう

僕たちは多くを知りすぎてしまった
臆病になって
傘を持つことばっかり考えている
水たまりをよけることばっかり考えている
小雨の中を散歩するように
生きていけたらいい
本当はそうやって生まれたのに
また窓の外を見て憂鬱になっている
あしたの予報に一喜一憂している
形あるものだけを
いつも求めている
もうどこへも行けない気がしている

ないものを数えている
なんにも捨てられないと思っている
生きているとはなんだろう
死なないことを生きていると呼ぶのだろうか
誰かが死んでから
自分が死んでから
また手遅れになってから何かに気づくのだろうか
生きていながら
ひとは何日間
何年間死ぬのだろうか
どれだけ死んだら生きられるのだろうか
僕たちは多くを持ちすぎてしまった
何がほしいか本当に考えたことがあるか
幸せという言葉にだまされてはいないか

不幸せと悲しみは一緒なのだろうか
何がこわいか本当に考えたことがあるか
何がかなしいか本当に考えたことがあるか
どこまでさかのぼれば空っぽになれるのだろう
気づいたときに捨てていく
本当はほんの少しでいいのだ
眼鏡をかけて見えなくなってはいないか
声が大きすぎて聞こえなくなってはいないか
もうどこへも行けない気がしている
いつでも行ける場所へ行かずにいる
いつでも会える人に会わずにいる
愛について考えるとき
形あるものだけを
いつも求めている

花は枯れるからいい
歌は鳴り止むからいい
ひとは終わるからいい
僕たちが間違っていたとして
それがなんだというのだろうか
臆病になって
傘を持つことばっかり考えている

そして、

接続詞を最後に置いてしまいたい終わらないまま終わらせるため

ハルカ

1989年東京生まれ。ミュージシャン／歌人。

ハルカトミユキのギター／ボーカルとして、2012年「虚言者が夜明けを告げる。僕達が、いつまでも黙っていると思うな。」でインディーズデビュー。この長いタイトルは実は短歌。学生時代から手製の歌集を頒布するほど短歌をこよなく愛す。この歌集は増補され、のちに『空中で平泳ぎ』（gorogoro出版）として上梓。

2013年のメジャー移籍後も精力的に制作をつづけ、アルバム『シアノタイプ』『LOVELESS/ARTLESS』をリリース。代表曲に「ドライアイス」「ニュートンの林檎」がある。

2017年6月には3rdアルバム『溜息の断面図』をリリースした。

田　原
TIEN YUAN

無題VI

1

ちょうどカタツムリが交尾したがるとき
遠雷がかすかに聞こえた
雨が降る気配はなく
逃亡犯のような雲は慌ただしく東へ
西風は木々の梢を揮って
空中で草書を書く
木のまたで鳥の巣が激しく揺れたが
崩れることはない
空が落ちそうになっても

カタツムリは気にもかけず
ゆっくり一体となった

2

いつの間にか隣のビルの下の
緑に茂った枝は鳥たちの家になった
朝通った時に、大樹の下の白い糞は
大地に描いた抽象画のように見える
夕方になると、多くの鳥が帰ってきて
合唱団のように囀るが
ある日、大樹は枝を突然伐られて
羽を抜かれた丸裸の鶏みたいになった
それから、鳥たちの姿は見えなくなった

後になって知ったのだった
うるさいと住民が訴えたからだ
家が失われた鳥たちはきっと
難民にもなれず流浪もできないだろう
ふと思う、いつか鳥たちに会ったら
人間のお隣さんになるもんじゃないよと
言ってやろう

3

私が溺れたことのある川が夢に現れた
涸れることなく村を貫き流れ続けている
岸辺には野草がずいぶんはびこり
記憶の小舟も浮かんでいるが、それはもう廃船となっている

カエルとマガモの鳴き声が聞こえる
昔と違って元気がない
星空の倒影と川から昇ってくる朝日は変わりがない
みすぼらしい家々も昔のまま
住んでいた私をかわいがってくれた年寄りたちは
おそらくこの世を去ったに違いない
いま、皆はどんな夢を見ているのだろう

4

満月はだんだん私の郷愁を映さなくなった
故郷はもっと遠くなったわけでもないし
なぜだろうと思って
月の年齢を考えた

もういくつになっただろう
もっぱら光を浴びるだけの人間は知るすべがない
月はもう呆け始めただろうか
とはいっても、皺は見えない
歩くスピードも顔の若さも変わっていない
太陽と星に尋ねても返答は来ない
月は相変わらずビル群の上にゆっくり昇ってくる
私の頭上にやってきて、影が足元へ引っ込んだ瞬間
月の帽子を被ったような気分
そのとき、月の年齢がわかったような
気がした

5

リンゴ園での出来事が忘れられない
それは夏前のことだった
村の仲間と一緒にリンゴを盗みに
遊撃隊のように密かに草むらをかき分け
リンゴ園に入る
そのときだった
リンゴ園を見張る下放インテリ青年*の男と女が
ちょうど野草の上でやっているところ
草むらの隙間から少ししか見えないが
二人とも白く、伸びやかな身体が重なって
美しい波のように起伏する
私たちが息を殺してじっとしている間に
枝もたわわに実るリンゴは香りを漂わせ
ますます成熟していた

*下放インテリ青年……文化大革命期の中国において、毛沢東の政策で都市部の青年らを地方の農村へ追放し、現地で労働させることによって彼らの政治思想活動を抑圧しようとした。これにより〝下放青年〟と呼ばれる多くの若者層が農村部で生活した。

6

天国ってどんな国と思うときがある
すでにそこに行っている人間に聞くと
みな無言のまま
神に尋ねても
教えてくれない
それで、勝手に想像した
天国は雲に乗って自由に移動する国
国境がなく、言語も貨幣もない
人種差別や喧嘩や戦争もない
動物殺しもないし、いじめと詐欺事件もない
緑の植物に覆われる天国は

地球の人口よりずっと多いが
とても静かだ
それはみながおとなしくなったというよりも
もろもろの情欲を人の世に
すべて残して来たからであろう

7

陰火って宇宙では変光星？
流れ星は人の世の花火かな
アーチ形の橋は空に出た虹？
大気を貫いてやってきた隕石は地球に与えられた勲章かな
アマゾン川の魚は銀河より多い？
月にエベレストより高い山があるのかな

天国鳥も虫を食べる？
空を流れる雲は草原を駆け回る馬たちかな
人間の神は空にいるそうだけど、空の神は人間の中にいる？
空の涙は大地に注ぎ、人の涙は自分の顔を濡らすだけ

8

やもめ暮らしをする男は還暦の直後に死んだ
彼の身長はチャップリンよりずっと低く
身体は強い風に飛ばされるほどやせ細った
生まれつき片方の目は見えないが
世界は彼にとって半分暗闇ではなかった
髪一本もない禿頭は普通より小さい
知能が低いことはなかった

彼のボロボロの土壁藁ぶき屋根の家には
広い庭に何十本もの太い桐が聳え立っている
枝にいくつもある大きな鳥の巣は空中楼閣のように
彼の家より立派だった
ずっと飼っていた黒い雌犬はやさしくかわいい
彼が死んだあと、その犬は
二日間餌を食べずにわんわんと吠えた

9

摘んだ彼岸花を持っても彼岸には行けない
衣冠墓**にその人の魂が入っているか否かは重要ではない
水葬された死者は遭難した船乗りに出会うかも
干し魚はもう網と釣竿を恐れない

**衣冠墓……故人の遺体ではなく、衣服や冠などの遺品を埋葬した墓。

花蕊に潜む虫は花の秘密を知るわけがない
あらゆる筆は帚のように心の悪を掃き出すべき
川床が干しあがっても川であることには変りない
忠実なエノコログサの主人は風
鳥葬台は天国に行く出発点
億万年経っても雪は白い

10

数年前に小学校のクラスメートが蒸発したことを知って
懸命に彼のことを思い出した
私よりちょっと年上で彼のことは二つしか覚えてない
一つは教室の中でいきなり後ろから私の短パンを脱がせたこと
もう一つは強い近視の数学の男の先生にいたずらしたこと

それは確か初夏だった
彼が左手で数学の教科書を持ち質問をすることを装って
右手は出したばかりのおならを握って
先生の鼻先で手を広げた
そのおならに先生はむせて咳き込んだ
数日経ってから
わざと生ニンニクを食ってそのおならを作ったと
彼が自慢げにみなに話した

11

廃屋のドアを縛りつけるワイヤーロープが錆びている
跡継ぎがいない家主が自殺して何年になっただろう
庭には雑草がいっぱいに生え

窓枠の蜘蛛の巣がフェンスのように家を囲もうとする
屋内には誰もいないが、生きものはまだいる
イタチとネズミと蛇が出て来たと
ずいぶん前から目撃者が言う
幽霊を見た人もいるらしい
家は生きている人の衣服
人の気配のしない家は
ただの襤褸(ぼろ)
大地にとってもいい迷惑

12

駱駝が流砂に呑み込まれた後
砂山が駱駝のこぶのようにできた

夾竹桃が遠方で咲くのは
町の人々の機嫌をとるため
柱状のサボテンは砂ぼこりに耐え
ペニスのように突っ立っている
まだ見ぬミイラは見えない砂の中で
微笑んでいる
四本脚の蜥蜴は
胡楊の根元で仮眠することもできず
砂漠と遠く離れるこの日
北京時間午後五時三十五分に亡くなった
一人の人を
悲しんでいる

二〇一七年七月一三日　東京にて

田原（てぃあん・ゆあん）
詩人。1965年中国河南省出身。谷川俊太郎の詩を翻訳して中国で出版した。中国語／日本語でそれぞれ詩作を行なっている。
著書に『夢の蛇』'15 、第60回Ｈ氏賞受賞作品『石の記憶』'09（ともに思潮社）がある。
書き下ろし表題作「無題Ⅵ」はそのⅠとⅡが既刊『夢の蛇』に、そのⅢが『未明01』に収録されている。

サイトヲヒデユキ
HIDEYUKI SAITO

記シヲ憶

記シヲ憶フ

—

サイトヲヒデユキ

円の宙（そら）

四角の地（つち）

三角の風（ならわし）

白の気（すがた）

萌(きざし)の影

幻(まぼろし)の色

息(やすみ)の行

音(たより)の字

膚(はだね)の紙

標(しるべ)の虫

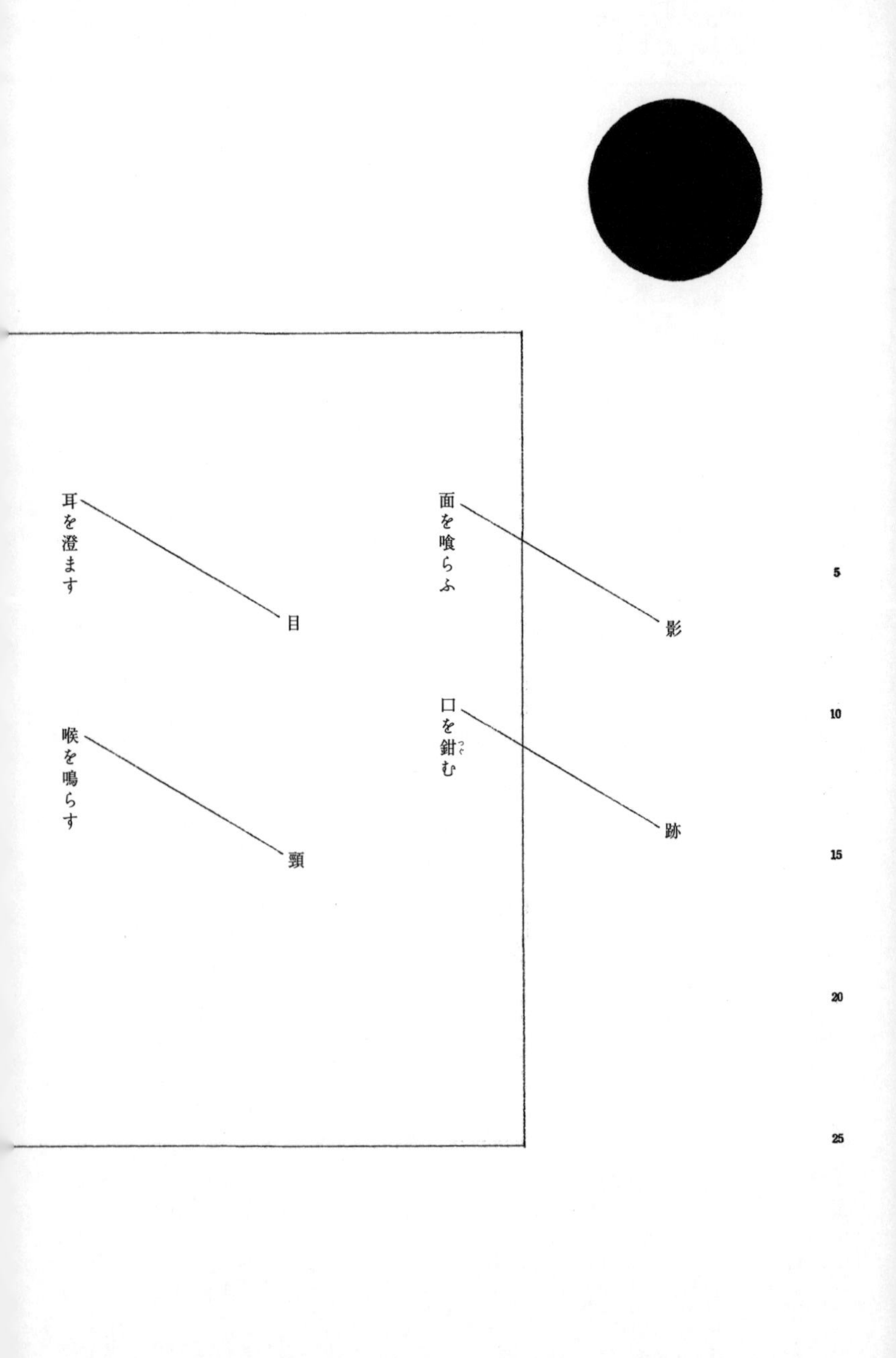
影
跡
面を喰らふ
口を鉗む
目
頸
耳を澄ます
喉を鳴らす

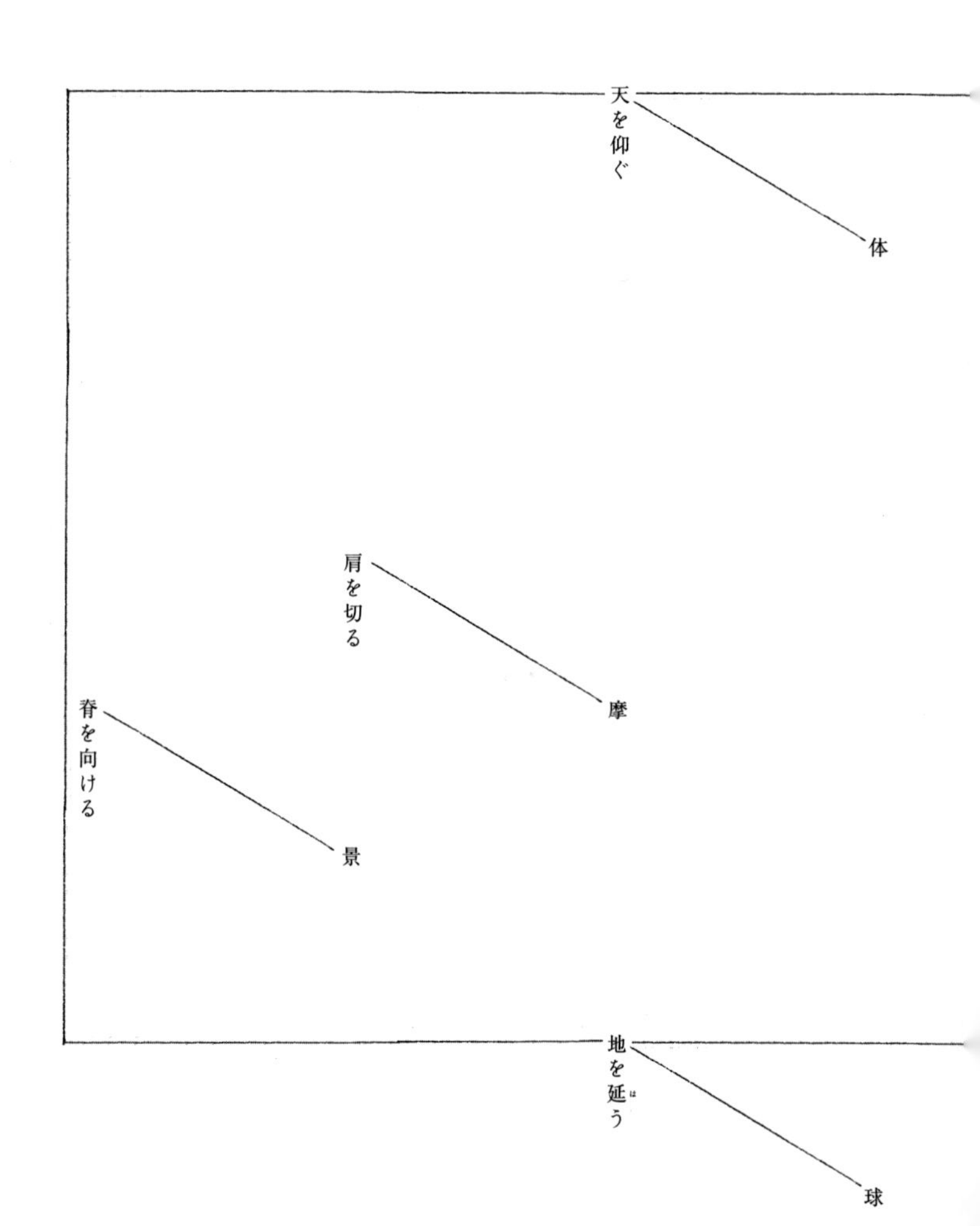

天を仰ぐ
体
地を延う
球
肩を切る
摩
脊を向ける
景

サイトヲヒデユキ
装幀家／グラフィックデザイナー／アートディレクター／古物商。東京・高円寺にあるデザイン事務所併設ギャラリー『書肆サイコロ』を主宰。各ジャンルのアーティストと言葉・本・紙や印刷物に纏わる企画展を開催。毎回展示に合わせ、作家に寄り添った少部数だからできる手作業を加えた本作り、考え方に沿った本の設計を独自のレーベルにて研究・発表している。古い紙に集積した線を書き込んだ作品集『記シヲ憶フ１』『余墨』がある。

扉野良人

TOBIRANO Rabbit

ノヴェッ

六

六波羅蜜寺は九五一年（天暦五年）、空也が悪疫流行に際し、十一面観音立像を刻み安置したのが起源だとされる。山号の補陀落は、観世音菩薩の降り立つとされる伝説の山の名で、玄奘三蔵の『大唐西域記』には、インド半島の南端近くに実在するものと記され、世俗においては、観音霊場にこの名がときとして用いられた。熊野、那智の浦を出港地とする補陀落渡海は、平安中期以降に始まるものだが、それは南海の洋上に浮かぶ補陀落浄土を目指したという。『吾妻鏡』によると、船は、殯宮（もがりのみや）に模された箱船に三十日分の食物と油を積むだけで、渡航者が中に入ると外から釘で密閉された。今の目からは狂信ともとれる自死行為だが、中世には補陀落への航路があり、現世から他界への往生が叶うものと信じられた。六波羅蜜寺が補陀落の山号を冠することには、本尊に十一面観音を安置する観音霊場であり、なおかつ寺の立地が、古来より彼岸と此岸の境界とされる地にあって、ここを六道の辻と呼びならわし、生者と死者が行き交う領域として、民間の信仰を集めたことにもよる。だがそれ以上に、末世と言われた平安中期以降、空也の教える称名念仏は、補陀落渡海のような凄絶な苦行に依らずとも、浄土往生を可能ならしめる道を指していた。空也は長く諸国を廻って、道を拓き、井戸や池を掘り、橋を架け、野辺に遺棄された死骸を荼毘に附すなど、世俗に分け入る市聖（いちひじり）として、浄土の教えを弘める遊行念仏者だった。

音
閉じ
四角（しかく）くも
天を区切り
封じた空虚の
方舟に乗りこみ
南海の潮（うしお）に揉まれ
波濤に掻き消された
一人の神職の立てる音

ふだらくらかん
ふしだららかん
くだらないらかん
しばらくかえらん
らくだこぶらかん

往相回向ととくことは
生死の苦海を唯一人
還りたいこゝろに
待ち針を刺して
釣りあって
閉じる
耳の
音

七

大多数の死者は唯独り淋しく彼の世に心もとない旅を続くるだけ。
（ボッカチョ、梅原北明訳『全訳 デカメロン 上巻』「最初の日」）

昔の音
おとの
大戸を
叩く人

波の間に間に現れた
砂地のざらついた心地を
胸に手を置き見あげる上空に
鷗の声

「痛むね」
と言はれ
件(くだん)の呑んだくれは
いと眠たい
(いたむねといはれくだんののんだくれはいとねむたい)

夜来(よごろ)の雨
なけなしの自覚に
火を点す

八

針の穴に

暗転（くらやみ）を伝（つた）う
冬の丘陵（おか）で
不ッ図（ふと）天を仰ぐと
オリオン座の足元
野ざらしのうさぎの骨から
一本の肋骨が
まつすぐに尖（とが）って
地上へ堕ちた
肋骨（はね）は光の尾をひき

野うさぎの耳を縫いとる
　七つの針の穴
穴の空いた天幕(てんまく)
　針の穴座では
今宵も芝居が跳ねて
　波立つ観客は
　天の一角を仰ぎ
悲喜の縁に耳をそばだてゝ
　睦月(いちぐわつ)七夜の
　星を縫う

九

六月の蒼天は
冬の星々をかくし
もはや夏の仮面をかぶって
鼻先に汗の玉をうかべた彼の弟は
公園のへりで見つけた
七ツ星天道の幼虫を指に抓(つま)んでは
そばにすわる父の手にのせた

碁の目にくぎられた小さな町の
生命と頭脳と運命のみちすじを
きいろく点滅する感情信号を直角に折れて
瀝青(アスファルト)をはらばう触角のものたちは
夜(よ)ごろの雨にできた水たまりの空へ
むこうみずにも跳びあがった

われわれを洗いざらしにした背広の祖霊たちよ
公園の木につかまる空蝉よ
日にさらされた装甲の
ひとすじに縫いとられた背がわれて
かすかな音をたてて羽化があったのは
すんなりと日がくれたあと

いっぴきの平家蛍が
あなたがたの手の迷路に明滅する

扠（さて）、
もくもくとさかのぼりをしていた彼の兄は
鉄棒のへりで回転をとめ
漕ぐうでをまっすぐに静止し
雲の泛んだ川面めがけて
ラストの前廻りで
着地！

十

六月のアンドレア

夕食後のダイニングテーブルで
ペスカの道具が並んだ木箱を前に
榛色(はしばみいろ)の目をした義弟(おとうと)は
右手にラジオペンチで釣針を鋏(はさ)み
左手の指先にはハリスをからめて
あした、彼の老父と出かける釣りの大会に備えて
鯉釣りの仕掛けをいくつも作っていた

わたしは覗きこみ
厚みのある指先に抓(つま)まれた
繊細な仕掛けに驚いて見せると
義弟はわけもないと身振りで応えた
子どもの時から馴染んだ
手の動き、指の動き
その反復が身についている

¶ペスカはイタリア語で"*pesca*"綴りも発音も同じで「魚釣り」と「桃／桃の実」の意がある。

大きな手のなかの小さな手の記憶
太い指のなかの細やかな指の動きを芯にして
彼は授業のノートを取る
彼は運動靴の紐を結ぶ
彼は母に葉書を書く
彼は小太鼓を叩く
彼は釦(ボタン)を留める
彼は桃(ベスカ)を剥く
子どもだった日々の
指に触れた記憶の支流に
彼は脈を測る

やあ
アレッシオ
釣れたかい？

夕まずめ
頭髪の淋しくなりだした彼の父は
微風にさざめく
皮膚深くに降ろされた鉤（はり）の
微かな魚信を
その傷みを
アルノの残照に透かし
淀んだ川の流れに泛んだ
買ったばかりの蛍光の浮子を指さして
息子に釣りの手ほどきをした

おーい
アンドレア
釣れたかい？
大きな魚

ある日
ある国の兵士だった弟は
食指にそよぐ
まっすぐな浮子が
緩慢な水面に隔たれた
父の指紋に沈みゆくのを
いつまでも見ていた

（未了）

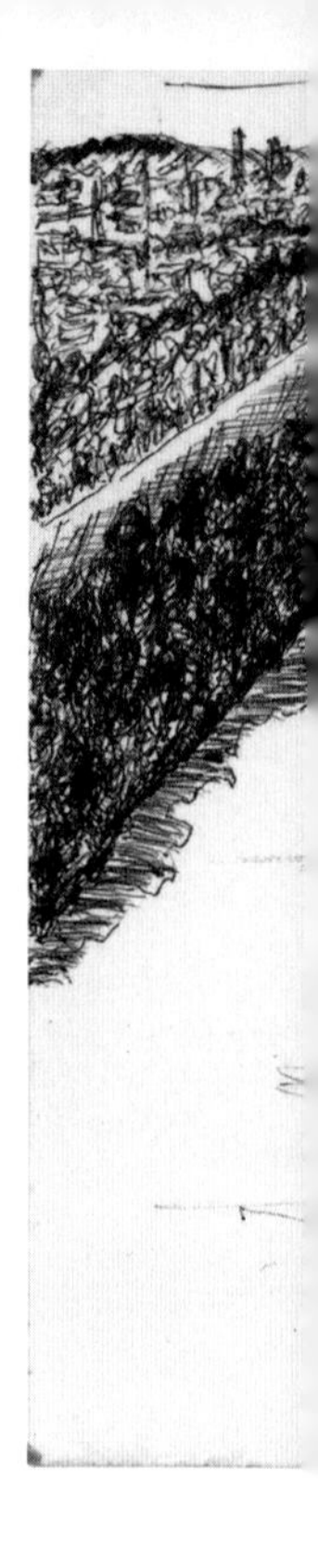

なつかしい川 2009年10月
50円ハガキにボールペン

扉野良人（とびらの・らびと）
1971年、京都生まれ。左利き。僧侶。

釦つけの日

有馬野絵

NOE ARIMA

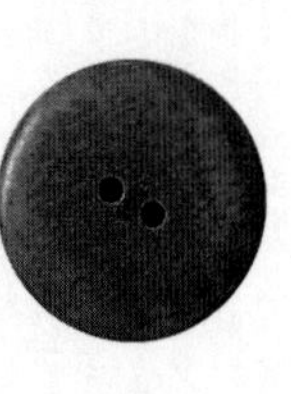

十三の釦

ボタンのひとつひとつには
記憶や、夢が宿ると、
幼い頃から信じてきた。
繕ってはほどき、またつける。
今日はそんなとくべつな日。

其の一

思い出は雪のしたの灰色。
てのひらにのせてかざしていたもの、
空がふんだんにそそいた。
日向の影は、昼なのに夜で、
星座の図形を描いてはじかれ、
そうだ、あれはおはじきではなくて釦。
夜空のなか、たったひとつの真四角に

のみこまれてしまった。

其の二

はじめはハトロン紙につつまれ、
抽斗の帳簿のわきにひっそりと在った。
テエブルに肘をついてそれをすかして眺めるひと。
そのひとは雪を、窓硝子のむこうにまじまじと見ていた。

其の三

子供らはのびのびと日向ぼっこしている。

ひとりはポケットに、母の釦を大事そうに握りしめて。
木々も葉も雲も、それを知っている。
子供はとくいげに蒼い草の上にはじいた。
ボタンはころころと鬨の声をあげ、むこうの路の果てにこだまして春の時間を
子らに知らせる。

其の四

花模様でなくいいえ灰色
灰色でなくいいえ水晶
水晶はとうめい
目を瞑ったらぜんぶトウメイ。

其の五

夜空に縫えば星になる
と誰かが言った。
わたしかも知れないし
あなたかも知れない。
今では思い出せないけれど確かなことは
欠けない月か、
滅びぬ星。
糸のほつれた流星は、
庭へおちた。

其の六

あんまりきれいで見とれていた、
飽きもしない。
13歳の意味さえ知らず、
ただ、何処かへ帰りたかった。
さようなら　も言わない、またねも。

有馬野絵（ありま・のえ）
東京生まれ長崎育ち。幼少よりクラシックピアノ・作曲を学ぶ。'98年、ROCKY CHACKのメンバーとしてデビュー。主な作品に『Smash Water People』（MIDI）、『EVERYDAY』（Sony Music）、「リトルグッバイ」「リンゴ日和」「Perfect World」（Victor Entertainment）などがある。
最近は朗読、短編や詩の執筆にも挑戦しており、ソロ名義では初めてとなる「Franceska/Angelika」「Umbrella」をウェブサロン『焚火社』にて発表。
http://takibisha.com/m_arima_index.html

山下太郎

TARO YAMASHITA

水面／メディテレーニア　第二話

午前中の船でファヴィニャーナ島からシチリア本島の港町トラパニに戻った。古い学校の校舎のような薄暗いターミナルビルの前にはバスがすでに待っていた。トラパニからパレルモへ、なにもない海辺、肌色の砂地の上をうねるように走る白い一本道、ディープブルーの海岸線、向かって右手に忽然と出現する大岩、その岩の上にどうやって建てたのか、雪だるまの帽子のような三階建ての四角い家が建っている。近くで見ると海側に縦長の四つの窓があり、その右から二つ目の窓に、貸家、とイタリア語で大きく書かれた張り紙がしてある。あたりには砂地しかない。おそらく建てたのはいいが不便すぎて放棄したのだろう。しかし宿にするなら最高の景観だ。このあたりの午後の海は遥か遠方まで青々としたラインとなって見える。それを横目に見ながらシチリア島の西の果てを海沿いに北上していく。サン＝テグジュペリが飛んだ西サハラの海岸線もこんな感じだったのだろうか。ここからアフリカはそう遠くない。アドリア海の横幅程度の海域を越えればもうチュニジアだ。バスはパレルモの中心街に入る前に港に直行した。バスを降りるとまずターミナルの窓口に行き、売れ残りの一等チケットを購入する。大型貨物トレーラーが何台も相当なスピードで船に走り込んでいく。左手の横に船のタラップ。ドイツ人ツアー客達の最後尾に並んで乗船を待つ。この時すでに大きなダンボール二箱ほどの荷物を業務用のカートで持ち運んでいた。見た目は完全にイタリアの小売業者だ。彼らはみんな安い座席で寝る。だから一等のチケットを案内係に見せると、二度見返された。ここに並ぶ必要はないよ、と言われ船内に案内してもらい、天井まで吹き抜けのレセプションロビーにあるエレベーターに乗る。カプセル型のスケルトン。地球の軌道上まで昇っていけそうな雰囲気のそのエレベーターは、各デッキの様子をゆっくりと見せながら最上階まで登り、聞いたこともない、ピーン、という金属音に近いチャイムとともにドアが左右に素早く開いた。その瞬間、雲の上からの鳥瞰図が頭に浮かんだ。視点が何百も生まれては飛び散るようなイメージ。丸い地平線の黄昏、遠い故郷、甘いモヒート、魚のグリルの匂い、煙立つビルの群れ、バルコニー越しに流れる海、そして船はまるで鳥が卵でも産むようにいつのまにか出港し、深い夕闇の祝福に包まれた。明日の午後にはジェノヴァに到着する。サルディニア島やコルシカ島には立ち寄らない航路だ。カプリ島あたりを抜け、イタリア半島の左岸を遥か遠目に見ながら北上していく。だから夜が明けても、ジェノヴァに着くまでの景色はほとんど海だけだ。うすい灰色の曇り空、木版画に彫られた堀目のような白い波間が無数に明滅する。ジェノヴァからすぐニース行きの列車に乗った。しかしストで国境のヴァンティミリアでストップ、そこからタクシーでフランスに入りヴィルフロンシュへ向かう。南仏の夜景は独特で人肌のあたたかさを持つ。きっと建物の灯や船の照明が、昼間の海岸線と海を懐かしく思いださせるからだろう。トンネルのオレンジ色のネオンが左右から交互に現れては消える。距離はたいしたことはない。モナコを過ぎたらすぐだ。海辺の端のいつものホテル。普通の部屋とたいして値段が変わらない二階のジュニアスイート。むかし最初にここにきた時、寒いスイスからミラノ経由の鉄道できたので長袖を着ていて暑かった。その頃のヴィルフロンシュシュルメールは絶妙に浅い湾曲の入江が美しい、しずかで小さな港町だった。まるで映画の中に入ったような気分で、駅から海岸の端にあるこのホテルまで古びた堤防の上を皺だらけのスーツで歩いた。そしてたまたま玄関先にいたホテルのマダムに、英語で話していいかい?と、英語もカタコトのくせに気どってフランス語で言った。幸い彼女は英語が苦手だった。今は流暢な英語を話すフロントが数人いる。そしてホテルの目の前には大型クルーズ船のテンダーボートが発着する船着場ができている。またホテルの壁のいたるところに、ホテルゆかりの画家の絵が色紙のサインのように大きくプリントしてある。どちらも前はなかった。気に入っていたこの部屋のクラシカルな内装は昔とまったく同じだ。シャワーを浴び、バーで遅い夕食をとる。部屋に帰ったが、なんとなくまた外へ出た。海辺にたたずんで、黒い水面がしずかに揺れるのを眺めていた。新しい船着場の防波堤のおかげで波があまりこなくなったようだ。手で水をすくってみる。そしてその濡れたままの手をポケットに入れると、いつだったか母親が正月に送ってきた御守りが入っていた。御守りの中には、小さな木片のようなお札が入っている感触がある。それがすこし水を吸ったのか、ジー、というかすかな音がした。母親とはもうずいぶん長いあいだ会っていない。ズボンのポケットに入れてそのまま忘れていたのだ。その御守りの神社は子供のころたまに行った水源にある。そこは真夏でも寒いほどの渓谷で、川の水は氷のように冷たくて十秒も足を入れていられない。しぶきをあげながら足にぶつかる水流、一瞬で奪い去られる体温、その鈍痛が激痛に変わる寸前で足を引き出すのだ。その時の足の感触がいま鮮明に蘇ってきた。防波堤の外からだろうか、波の音のようなかすかな音楽が聞こえてくる。堤防の先端に赤い光が見えた。この御守りをこの海においていったほうがいい。ふとそう思い、例の新しい船着場の鎖を乗り越え、堤防の先端までいき、御守りを夜の真っ暗な海に流した。堤防の外側はやはり波が高めだったので、御守りはすぐに堤防の右のほうに押し戻され、波に飲み込まれるように消えていった。赤い光はどこにも見あたらない。波止場の横にある小さな教会のシルエットが海辺に浮かんでいる。その教会の中に描いてある魚の絵、あの魚の目はアフリカの美術館で見た壁画の目とよく似ていた。小舟に鈴なりに並んで乗っている戦士たち、網を引く漁師たち、すべて同じ目をしている。喜怒哀楽のない、ただずっと眺めているような目だ。その教会のシルエットを眺めていると、このままいつまでもここにいたいという気がしてきた。波の音だけがかろうじて時を刻んでいる。いっそこの波を消し去りたい、この波さえ止まれば時間も完全に止まるだろう、とそう考えた瞬間、目の前に大きな白い魚が跳ねた。

三日月の残像、いや波しぶきだったのかもしれない。そういえばあの水源にも白い鯉が泳いでいた。その鯉より川下では絶対に水を飲んではいけない、と叔父さんはいつもしつこく言っていた。部屋に帰るとすぐベッドに倒れこんだ。枕元の右脇の足元に小さな冷蔵庫があり、そのさらに下部の床との隙間が無機的に青白く光っている。それをしばらくして、さっと消えたような気がした。背筋に痺れが走り、両腕の上腕へと産毛が膨らむような感じで伝えられていく。首の後ろを左手で揉んだりさすったりしているとようやく治まった。カーテンを全開にし、深夜のバルコニーに出て深呼吸をして、下の海辺の夜景を見わたした。右下に見えるさっきの小さな教会の扉の横に、古風な風体の背の高い女の影があった。フードをかぶった黒い顔だけをこちらに向けているように見える。しばらくするとスッと正面に顔をもどし、そのままずっと海を見はじめた。いつのまにか遠くの海の地平線に夜明けの雰囲

気が漂っている。明日の朝はあの教会にいこう、と思ったら
急に強い眠気に襲われ、部屋に入ってすぐ眠った。

山下太郎（やました・たろう）
1970年生まれ。ミュージシャン。ROCKY CHACK
の作詞、作曲、歌を担当。
旅好き。おもに地中海の島々や沿岸部を巡る。
「衣食住は嘘をつかない」が思想。
最近作は焚火社ウェブサイトのストリーミング配
信曲「夜明。」
http://takibisha.com/m_yamashita_index.html

白石ちえこ

CHIEKO SHIRAISHI

鹿渡

白石ちえこ（しらいし・ちえこ）
神奈川県生まれ。写真家。日本各地を旅し、ささやかな光景を撮りつづける。小さきモノ好き。旅先では写真も撮るが石ころもひろう。ここ数年、北海道・道東の自然にひかれ、冬の旅が続いている。
写真集に『サボテンとしっぽ』（冬青社）、『島影』（蒼穹舎）。共著に『海に沈んだ町』（朝日文庫・小説三崎亜記）がある。美術同人誌『四月と十月』同人。

森紀吏子

Kiriko MORI

とまり木

彼らとの生活。

＊

「……もしかして、彼ですか？」

見知らぬ人が私の楽器ケースを指差し、こう尋ねてくることがたまにある。場所は電車やトラムの中、もしくは空港での待ち時間とさまざまだ。

「ええ、彼ですよ」

私はいつも、少し明るく答える。見知らぬ人が彼を知っていることが嬉しいのだ。このあとはたいてい「一目お会いしたい」というようなお願いがあり、彼をケースから出し、少し歌って頂いたりすることになる。

また小さい子供たちからも声が掛かる。既に彼を知っている場合は「リュートでしょ？　ね？　リュートでしょ？」と訊いてくれ、知らない場合はしげしげと眺め、横にいるお母さんに尋ねたりしている。そして場所が関西空港になると、おじ様方が直接私に尋ねてくる。

「お姉ちゃん、それ何？」と。

※イタリア語は名詞に性別を持っているので、男性名詞であるリュートを指す時は〝彼〟が使われます。私の周りの紳士たちは他にコルネット、ヴァイオリン、チェンバロ様といらっしゃいますが、いっぽう淑女の方々は、アルパ（ハープ）、そしてヴィオラ・ダ・ガンバ様です。

＊＊

冬のロンドンで出会った彼が、ミラノにいる私の手もとに来たときには、季節は春になっており、暫く眠っていたからなのか、彼がイギリス人のためか、晴れの日が続くとすこぶる機嫌が悪かった。

一二コースのルネサンス・リュート。その存在を私は彼と出逢うまで知らずにいた。ルネサンス・リュートでいちばん大きいものと言えば一〇コースだと、長いあいだそう思っていた。彼の姿はもはやバロック・リュート。このタイプのリュートが世に出てきたのは、一六二〇年頃からとされているので不思議ではないが、その時代にはあまり長いあいだ活躍はできなかったようで、そのせいか現在でもあまり見掛けることがない。珍しい彼と一緒に時を過ごすこととなったわけだ。

そしてさっそく、慣れない彼の調弦に私は苦労している。嬉しい苦労だ。自宅ではまだ良いが、外へ連れ出し環境が変わると途端にへそを曲げてしまう。まだまだほぼ毎回手こずり、時には半ば休憩を入れながら、お付き合いして頂く。最近は曲を弾いているあいだのふとした瞬間に彼が本来の姿を見せてくれる（本来持っている音であろう音を聴かせてくれる）ことがあり、ハッとし、すぐにもう一度同じ箇所を弾いてみるのだが、もうそこにはいない。彼の幻覚を見たような感覚になるが、常に本来の姿でいて貰えるよう、これからお知り合いになっていくのだ。

私はまだ彼をよく知らない。

春になったミラノはまだ季節が定まらない模様で、蒸し暑かったり少し肌寒かったり、焼けるような日差しを感じたりと、さまざまな顔を日ごとに変えながら見せてくれる。いい歳になってきたためか、前日との気温差が激しい日は少し朦朧としてしまう。そんななか折々にまた私はルッツァスコ・ルッツァスキについて思い出してしまう。私の尋ね人、ルッツァスコ・ルッツァスキ。

彼と再会したのは、前回お蔵入りとなった五声のマドリガーレを歌ってから、まだそんなに時間は経っていなかったと思う。たしか約半年後だ。今度は私を含めた三人の女性歌手が呼ばれ、場所はまたミラノのシモネッタ宮殿の塔の一室だった。楽譜が配られると共に、ルッツァスコ・ルッツァスキの名前が告げられた時、私は一瞬ひるんだ。

……またか。

急いで楽譜に目を通し始めると、五声のものとは違い和音進行は単純であり、旋律も難しくはない、ほぼ動きは三声揃って同じ。しかしホッとしたのも束の間、突如として現れる、これでもかと三声それぞれに描かれた超絶技巧的なメリスマ（装飾）に気づき絶句した。三人の女たちが一曲の中でメリスマの掛け合いを始めるのだ。

リハーサルを始めてみると、やはり見せ場であろうこの箇所に入ると途端に混乱が訪れる。まず拍子の取りかたが解らなくなってしまう。そして三人三様あまり良くない方向に……。込み入ったメリスマの部分はそれぞれ何とかなったが、拍子の取りかたはリハーサルを重ねてもしっくりこない部分が何ヶ所か残った。

しかし少々不自然なくらいでは、三人の女たちは怯まない、というか気にしない。気にすることが出来ないと言ったほうが正しいか。そして今回は本番までこぎつけた。

私は歌いながら何度もルッツァスキの時代に思いを馳せた。彼の頭の中ではどのように奏でられていたのか。また彼の前で歌手たちはどのように歌っていたのか。

時代はルネサンス期、イタリアのフェッラーラで彼女たちは高度な歌唱能力を買われて、エステ家の宮廷音楽家として働いていた。エステ家には常時宮廷歌手がいたが、彼女たちはまた特別に侯爵アルフォンソ・デステの願いにより組織された、先鋭陣の中の歌手だった。彼女たちは〝concerto delle donne コンチェルト・デッレ・ドンネ（女たちのコンチェルト）〟と呼ばれ、当時宮廷作曲家兼オルガン奏者だったルッツァスキは彼女たちのために作曲をしたのだった。

ときには一声、二声のマドリガーレと編成を変え、それぞれ高度に装飾された旋律をルッツァスキの演奏するチェンバロと共に歌い、エステ家の特別な賓客をもてなす際に限って演奏。その超絶技巧を披露していたようだ。宮廷音楽家たちの存在は権力／財力を誇示するために重要な存在であり、侯爵らは旅行に出る際も自らの音楽家たちを伴って出向いていた。とっておきの彼女たちも一緒についていったのだろうか。ルッツァスキが〝concerto delle donne〟のために作曲した曲は侯爵の命により門外不出とされ、侯爵が死んで宮廷が解体したあと、ようやく出版されることとなった。

＊＊＊

この秘密にされていた音楽たちを、私は懲りずにまだ追い求める。どのように演奏されていたのか、本来の姿を知りたいのだ。その旋律がじゅうぶんに美しく広がり、そして閉じていくさまを感じたい。

機会があるたび、私は彼のことを尋ね続ける。

「ルッツァスコ・ルッツァスキを？」

森紀吏子（もり・きりこ）
和歌山県出身。ミラノ在住。国立音楽大学声楽科卒業。卒業とともにバロック声楽の勉強を始め、2010年渡伊、研鑽を積む。ミラノ市立音楽院バロック声楽科ディプロマ取得。現在同音楽院リュート科に在籍。演劇団体CETECの音楽担当としてミラノ、シィルミオーネ、テーリィオ等イタリア各地を回る。またソプラノ歌手、リュート奏者としても活動しており、ルネサンス、バロック期の音楽をコンサートにて演奏している。

須藤岳史

Takeshi SUDO

岬へ

言葉が騒ぎ出したのは岬の突端まであと少しのところだった。そもそも、かつては女人禁制だったというあの門をくぐってから、おかしい。何かがついてくるような気配を感じる。

気配は言葉にならない。言葉は常に過剰だ。それと同時にいつも足りない。言いたいことは形になり損ねる。知りたいことはいつも隠される。

あんなにはっきりしていた夢も、目が覚めて書きとめようとするままに、どんどん忘れてゆく。かろうじて残った言葉を眺めると、それは何かの残骸のように思えてくる。言葉は切る。分節する。あるいは結び目を作る。結ばれた瞬間に、もとの記憶は消えてしまい、別のものに置き換えられる。なぜこんなことがおこるのかといえば、それはきっと言葉が溶け合わされた何かだからだ。言葉として切り離す瞬間に、いろいろなものが入り込んでくる。自分の記憶、あるいは自分の記憶だと思っているもの。世界に溢れる豊穣なイマージュ。意味の重層的な堆積からの横溢。そして死者の言葉。

岬の突端へと伸びる曲がりくねった道を進む。海からの風、花の気配、潮の香り、海鳥のはばたき。通り過ぎるあらゆる感覚を楽しむ。あえて覚えようとはしない。写真も撮らない。ただ、通り過ぎるものを通り過ぎるままにする。

胸をよぎる想いは言葉にして書き留めておかないとすぐに消えてしまう。露のように。夢のように。次々と言葉にするほどに、もとのものからどんどん離れてゆく。終には逆にもとのものが本当ではないような気さえしてくる。書く手は進む。思考は自分から遠ざかり、思ってもいない嘘が顔を出したりもする。書く手はいつも勝手で、表現は書き手を誘惑する。言葉は分節の働きと常に共にあるが、それに服従しないということ。そのまやかしに恍惚しないということ。

思考が言葉や詩行となるとき、あるいは啓示が言葉のかたちをとるとき、一枚のヴェールが剥がされ、またすぐに別のヴェールがかぶされる。言葉になった瞬間に失われたものは二度と戻ってこない。起源はいつも隠蔽される。

立ち止まって、先の方へと続く岬を眺める。自分の目で見る風景は、よく見る絵画や写真とは違って、パースペクティブによって暴力的に切り捨てられてしまう細かに限りなく優しい。フォーカスは次々に変わり、あるいは緩み、遠いものと近いものが溶け合う。

どこにあるのかと問われるならば、それは間にあるとしか言いようがない。間にあるもの。虹、服、言葉。愛もそうかもしれない。間は関係に浮かぶかりそめの場所だ。だから詩とは何かという問いは成り立たない。だけど詩はどこかということなら考えることができる。

「詩は言葉と言葉の間、碧い雨の降るところ、裾野にたなびく夜の静寂、破壊と創造の刹那にありますの。詩はかりそめの場を生み出す装置、だから詩は何かではなく、どこかとしか言えないものですの。そう思いませんこと?」と虚構の女は幻のままに言った。

岬の突端あたりに道はない。草をかき分け、崖を少し降りると、ようやく足が乗るほどの突起があり、胸の高さほどの場所に鎖が渡してある。鎖を伝いながら先へ先へと歩を進める。ときどき何かに引きずり込まれそうな感じがして、ぞっとする。さっき聞いたおばばの話を思い出す。

「魔は一度しか呼ばない。山でも里でも海でも、一度しか呼ばれなかった時は決して振り向くんじゃないよ」

神妙な顔をして、おばばは言葉をつなぐ。

「あと、海では決して兎の名前を呼んではだめ。うっかり兎の名を言ったら、波はでるでる　海荒れる　オタカ　タ　イセポ　ポン　テレケ　ポン　テレケ」

歌とも語りともつかない言葉、いや、言葉そのものよりも、おばばの声が頭の中でこだまする。

言葉は言葉の姿となった時、外部化される。言葉は他者の中にある。だから心を根底から揺さぶる言葉とは、自分の中にありながらも、他性にとどまっているものに形を与える働きそのものであるとも言える。

言葉は取り付く所のない崖に穿たれた楔のようなものだ。ヒトの時間は語りの形で現れることで初めて連続性を獲得する。言葉と言葉をつなぐ何か別の言葉、それが生み出すプロット。一点から一点へと伸びる鎖。獲物を狙う狩人の視線。

言葉は「言の葉」に由来するとも「言の端」からきているとも言われる。いくつもの断章、猫の顔洗い、顧みられなかった日々、檸檬の皮。端と端は「間」を仮設する。間で起きていることは「思いのかさなり」だ。「思いかねる」とは、相手の心に自分の心が重なっていくことで、この「かねる」が「かなし」になったという話もある。

「かなし」「悲し」「哀し」「愛し」。間にあるものはいつも悲しみを運命づけられている。その悲しみを引き受けるとき、かりそめの「間」は「真」となる。

この地に暮らす人々は文字を持たない。文字が不要であったというわけではなく、言葉が文字となった瞬間に嘘となってしまうことをよく知っていたからだ。物語は語られるたびに少しずつ変わってゆく。声によって、抑揚によって、語り部の身振り手振りや表情によって、物語に命が吹き込まれる。

鎖を伝って先へ進むと岬の突端に出る。荒い波しぶきが全身を濡らす。ここで岬は終わりだが、海にはいつくかの小さな岩に囲まれた身の丈の倍くらいの岩がそびえ立っている。岩はどこまでも孤独だ。しかし、それはどこまでも開かれている。

例えば俳句の「切れ」。宙に放り出された言葉は闇を深める。意味の鎖を断ち切る。その作法で世界へと開かれてゆく。それは投げ放たれた可能性であり、爆ける直前の、雷光の前の一瞬の静止、空間の緊張、爆発のエネルギー、そして痙攣である。

「神威(カムイ)」とも呼ばれるその岩は、ある物語を背負っている。

ずっと昔のこと、一艘の船が流れ着いた。船には一人の美しい女が気を失って倒れていた。人びとは女を介抱した。女は子を堕した罪で海へ流されたという。

やがて女は岬のそばに建つ朽ちかけの小屋に住み着いた。女はとても美しい声をしていて、ある人は「鈴のようだ」と言い、またある人は「小鳥たちでさえ彼女の美声にはかなわない」と噂した。女が人前で歌を歌うことはなかった。村の人びとは、この地へ流れ着いた異国の女に関心を寄せた。あるものは同情の念から世話をやき、またあるものはただ好奇の眼で女を視た。昼間は女房たちが食べ物を届けた。女は、それはそれはよく食べた。見ていて気持ちがよくなるくらいの健啖だった。

夜は同情の仮面を被った男たちが訪れた（女房たちは男たちへの腹立ちを、女への憎しみへとすり替えて、やがて食べ物は届けられなくなる）。

女房たちの苛立ちを感じてかどうかはわからないが、女はやってくる全ての男たちを拒んだ。一人の男が「やいやい、見ていると、上の口は相当な食いしん坊だけど、下の口はどうなんだい」と悔し紛れに訊ねた。すると女は「はいはい、下の口も実はよく食べるんですよ、でも生きた男の人しか食べないんです。普通の背丈の男なら、たいてい一口で飲み込んでしまいますよ」と異国の言葉をまじえて言った。

　男は女の妖しげな表情に「ああ、誘っているんだな」と思い込み、無理やり馬乗りになった。そして、いつも女房にしているように、顔をおもいっきり殴った。殴ることに意味はなかった。それで興奮するということもなかった。ただいつもそうしているから殴った。オヤジもジジもそうしていた。

　その夜、地震が起きた。幾人かの村人は目を覚ましたが、ほとんどの人はすぐにまた眠ってしまった。目覚めた序に、亭主の着物の裾からあれに手を伸ばす女房もいたのだけど、それに気がついたのは隣で寝ている一人の子供だけだった（その子供もすぐにまた眠りへ落ちた）。

　次の朝、岩に男物の着物の一部が流れ着いているのを早起きの女房たちが見つけた。男は朝になっても家へ戻らなかった。小屋の女も消えた。夜中に両親が立てた物音に目を覚ました子供も消えた。家の戸は閉まっていた。そして沖には大きな岩が忽然と姿をあらわした。

　女の話を聞いたのは消えた男だけだったはずなのに、女が残したという言葉が歌として伝えられている。少しだけ形を整えて、ここに翻訳しておく。

「わたしは海に住んでいます。あまりに長いこと海に住んでいるので、どのくらい住んでいるのかはもう忘れてしまいました。水の中にいるときは人魚の姿で、とても穏やかで優しい性格です。でも、ときどき海面から姿を出すと大きな羽が生えてきます。そして海の男たちを誑かし、おびき寄せ、船を沈め、食べてしまいます。どちらもわたしです。

私のような女は他にもいるという話を、遠い昔、思わず一飲みにしてしまった海の男に聞きました。なんでも、あるところにたいそう美しい歌を歌う女がいて、その歌を聞いたものは石になってしまうとのことです。海の男はどうしてもその歌を聞きたくて、船乗りたちには蜜蝋で耳を塞がせ、自分は船に体を縛りつけ、その美声を石になることなく聞いたのだと言っていました。美声の女の名前を知るものは誰もいないのですが、オイマクシ・メノコ（「象徴に歯の生えた女」の意）と呼ぶ人もいて、なんだ、それならこの私のことではないか、と思ったりもしました。」

のちの人々は、彼女を「まりあ」と呼んだし、本土では母音だけのあの美しい名前である「あおい」とも呼ばれた。また遠い異国では女戦士の名前で呼ぶものもいたし、いや、あれは回帰する春という季節にほかならないと譲らぬ人もいた。けれど彼女自身は「いであ」という名こそ自分にふさわしいと密かに思っていた。名前などほんとうはいらないのだけど。

どういうわけか、女が消えてから村の女たちの間に奇妙な風習が広がった。東から風が吹いた日に「メナシ・ホク・コル」(「東の風を夫にする」の意)と言う言葉を唱え、急いで岬へ行き、着物の前をめくると、必ず子を孕むとのことだ。

例えば、芭蕉が「夏草や」と切り取った丘陵からの眺め。地震の後、大きな火事に巻き込まれた遊女たちが飛び込み、その死体が累々と積み重なったといわれる池。悲恋の末、岬から身を投じた男と女。男たちが海へ出ている間に、嫉妬に耐えかねた女房たちによって殺められ、海へと捨てられた異国からの漂流者。彼らを実際に見たものはもういないし、それが実際に起きたことなのかどうかを確かめるすべもない。それにも関わらず、物語によって喚起されるイマージュの渦は私を今、海へと引きずり込もうとする。イマージュは起源が隠蔽される度に、そして実際の出来事が忘れ去られるほどに豊穣さを増してゆく。引き受けるのは場であり、背負うのは名である。

海は動く。そして島嶼をつなぐ。そして言葉は海へと突き出した岬のようなものだ。海との境をなす断崖としての言葉。あるいは侵食され、地殻変動により隆起し、漂流物によって埋め尽くされる言葉。

波が寄せる。波が残してゆく形は、二度と繰り返されない。しかし、海はそこにある。

「昔話は海であり、伝説や神話はその上の波のようなものである」と、ある高名な心理学者は書いた。

また、こうも言えるかもしれない。波によって運ばれた言葉は夢を欲望させ、夢は海に憧れる。でも、海がどんなものなのかは夢には書かれていない。しかし、夢は、書かれていないものこそ海だということだけを知っている。ただそれだけを知っている。

そんな夢を見た。

目を覚ますと手元には紙切れがあって「説明しなければならないということは、説明してもわからないということだ」と殴り書きされていた。誰が書いたのかはわからない。

空が白んできた。未明は飽和であり、騒擾であり、邂逅であり、駈ける速度でもある。

まっさらな朝が、またやって来る。

須藤岳史（すどう・たけし）
ヴィオラ・ダ・ガンバ奏者。オランダ王立音楽院でヴィーラント・クイケンに師事。演奏活動の傍ら『望星』『三田文學』『現代詩手帖』等に書評や随筆を執筆。オランダを代表する詩人アンナ・エンクエストやポーランドの俳優イエジ・ゼルニックとのコラボレーション、作曲家・久石譲氏とのフェルメールの時代の音楽をめぐる対談（BS朝日）、香人madokaとのコラボレーション「古民家で聞くヨーロッパ古楽と日本の香り」は話題となった。現在、ウェブマガジン「アパートメント」で長期連載中。ブリュージュ国際古楽コンプールでディプロマ賞、「伝えたい私の一冊」コンクールで辻原登賞受賞。オランダ在住。
CD: The Spirit of Gambo "The Silver Swan"（STOCKFISCH-RECORDS）、Le Jardin Secret "Airs Sérieux"（Fuga Libera）等。

中家菜津子
NATSUKO NAKAIE

La Petite Mort

君から
死にたいというメッセージが
ひかりながら届き
あ（かるさ）だけになって
優しく君を死なせたかった
製氷皿に青く輝いているのは昴
一億年をただ燃え尽きるために
存在している星々を数個
コップに入れると
透きとおったものに
すきとおったものが
跳ね返るときの音が響いて

（（（（フェルマータ））））
四隅の壁が意識の外へ遠ざかる
膨張してゆく宇宙（ユニヴェール）
だから（すき）まに
アルプスの炭酸水を注ぐと
激しく発泡して
誰かの時間を早送りにしながら
447,811,198,704,120,753（000 000 silent 000 000 000）
溶けていった
これでもう虫籠の蛍はひからない
雌雄の区別なくゼンメツさせたんだ
最初から空っぽだったから
生まれたての闇の密度に君は安心していいよ
息を深く吸うとき肺は奈落に落ちてゆくけど
鉱水を啜って満たしたからだが発光するから
うちがわからさ、溺れてしまおう

＊

天の川銀河に沿って君とゆき帰りにひとつ鉱水を買う

はつなつの炭酸水をあけるとき封じられてた吹雪の匂い

製造年月日がきみの誕生日だからさ、ばらの花をいけよう

蒼穹にあなたは果ててLa petite mort（小さな死）　紋白蝶がかかとにとまる

君は目をあわせてくれない窓際のクリアファイルをすべる雨粒

"La petite mort", French for "the little death", is a metaphor for orgasm.

告白

蝉の交尾を見た。寝室の網戸の網目を器用に細い脚で掴んで雄が鳴いている。伽藍堂の共鳴室は「わたしはここにいます」という震音で溢れかえり、周囲の蝉時雨とは混じりあわないソリストの声だ。と、そこへ雌が少し距離を保ってやってきた。雄は相手に初めて話しかけるときの、すこし上擦って裏返った鳴き声で雌に告白し、幼虫として幾年か土に暮らしていた頃からこの瞬間までの、最後の一歩を歩み寄ると、前脚をまるで星を掴みとるように精一杯伸ばし、雌に手が届いた瞬間、しっかりと抱擁する。雄は背を丸め、寸分違わぬ正確さで一突きで雌へと繫がる。

土の中で樹液だけを吸いながら、樹木の子どもようにゆっくりと育つその一生で、生殖と死がごく僅かな距離にあることを、彼らは知っているかのようだ。しかし、その焦燥の鳴き声は互いを見出すとぴたりと止み、静寂の中で二頭は結ばれている。

透明な蝉の翅を透かして真夏の青空が見える。交尾する二頭の蝉と相似形の雲が浮んでいた。

*

夕立に土と水とが混じるのを嗅いだ　腕（かいな）に抱（いだ）かれながら

蝉の文字、せみへとひらくやわらかなあなたらしさでふれて乳房に

まだ熱の残る黒髪たばねれば今年はじめてひぐらしが鳴く

ノープリウス

海鳴りを
産声として聞いていた
九月の美術館の窓から

幼生に刺された脚を
さすりつつ
ペットボトルの水ですすいだ
散策している

さびしさに与える眠り
海鳥の声に
選ばれなかったひとの

遡上する魚が目指す
干上がった水飲み場に
頼りない目薬の雫をおとすと
ノープリウスたちは
頭も腹も胸も
まだ分化されていない
透明な意識の
単眼を壊して

車窓を過ぎてゆく故郷のホームに
水を飲み続ける影を置き去った
あなたは帰らずに今は通り過ぎる

魚が産卵のために
選ぶ死を見届けるのは
いかりとかなしみが
ちぎられる前の感情を
一艘の舟に
古びた産声として
載せたあと

生と生とを繋ぐ
生でしかないことの
繰り返しとして
折り返しとして
波音を背に
わたしたちは生まれ出たこと
くるしみとよろこびの
区別もつかずに

　　　　乾涸びた蟹を
左の縁にのせ浜にあるとき
　　　　舟は柩ね

なめらかな海岸線を
岬までなぞった指は
　　　　潮のかおり

記憶から解き放たれた
　　　　あの海と今を
ひとつにまぜる波音

興奮して空を見上げた
雪が降りてくるまでには
帰るから
帰るから

砂浜の砂粒の位置を
記憶できないかわりに
鎖骨のように白い駒を埋める

そうやって
すべての海に君はいて
壊れた櫂を渡してくれる

車輪

秋には太陽が漂白されてゆくから
生きている輪郭を濃くしようとして
君のこぐ自転車の銀のホイールが
ひかりをばら撒いて通りすぎる

三日ほどつづいた秋雨に
花を広げることができず
濡れそぼった白い朝顔は
半分にたたまれた薄布
雨粒の着弾に飛べなくなった
何万もの蝶の死骸を覆いきれない

自転車から前輪を取りはずし
頭の中で回しはじめると
乱反射しながら高速回転する時計
早送りの世界では
雲の流れで光ったり翳ったりする君の肌
蛹のかたちで眠っていた朝顔の
渦まく蕾はてのひらをひらく速さで咲き
死者の鱗粉をふりまいて受精する
蔓はひゅるひゅる天へのび
獲物のように車輪をからめとって
動きを止めた

すっかり錆びついたホイールを這う
朝顔の蔓は枯れ果てて
種子のつまった実を
あかがね色のリースに飾る

この円環をモチーフに
展開されるアラベスク模様は
町を君ごと飲みこんで増殖してゆく
息をしているものの玉響と
幾何学の完全さを証明しながら

ほら、もうすぐ六花の結晶が降るよ
背骨に淡くつもるころ
生まれる前に立っていた更地に君の種をまきたい

＊

心音を君の背中にひびかせて二人乗りで逃げ出したこと

追いかけてくるのは金星　あの角を曲がると匂う木犀の花

鈴虫の声の大きくなる方へ走らせる君、抱きあうために

駅前に忘れさられた自転車の錆びつく籠に初雪ひかる

木枯らしに倒されたときあおぞらを望むメガネのようだね、車輪

十二月

hana

遥か遠くから帰ってきたのに
マフラーを外すとき
あなたから
この町の冬の匂いがした

公園のきりんの影は長くのび足裏(あうら)に角がふれる夕暮れ

me

古いビデオの中の夕光が
窓から差し込んだ夕日に
混じりあうのに見惚れて

五分後、君は巻戻す

　黄色い帆、乾いた音をたてながら風が止むとき銀杏にもどる

mimi

電線を鳴らす風雨の音を聴くと
カセットテープで早送りした時の
君の声のような気がして
とてもゆっくり歩いてしまう

　雨は声とあなたは言った天からの手紙のように波紋を見つめて

yubi

紙の質感を指が覚えるまで
何度も同じ本を読んだ
乾いた空気に唇が裂けて

ぽたりと紅い花が咲いた
　くちびるをあわせるように淡水の魚とモネの本を重ねた

shita

苺が買えるだけの
硬貨を一枚舌にのせたら
君と反対の、でも似てる味がした
それで翌日切符を買った

　風邪ひきの君がくちびるとがらせてミルクを吹く夜、初雪が降る

水仙の水のなかへ数多の数のなかへ行為して君とゆくこと

生まれた町の南の岬には
もう煙を儚くなった煙突のように
照射灯が建つ
自らを水の中へ
倒してしまいたい顔をしているのに
根を深く張った冬枯れの樹のように
照射灯は建つ
誰かの墓標に憧れながら

その誤字の美しさには正しさのかなわないこと冬の砂浜

墓標へとつづく渚の道に

白い水仙が群がって揺れている
砂地は脆く乾いて
海風は裂くように吹くから
葉は末枯れ
水という水を
咲くことのためにあつめている
苦しげな性を
燃やせばいいのか
見つめている僅かな間に
枯らしつくすためには

つれてって先にゆくのはゆるさない雪と花とが見分けられない

墓碑銘の文字は風化して
名づけられた数多の意味は
砂の数へと還っていく

息を深く吸うと
肺は
砂まじりの海鳴りに傷つき
柩としての躰をさがした
打ち捨てられたボートに
影だけをのせ
その影が抱きあっている

死にたがる君には先に果てることゆるしてあげる蟹の吐く泡

てにをは

おもての水道のステンレスにうつる月も
管を流れる水が日毎に温んでゆき
今日からはサラマンダーの卵として光る
手を乾かすとき透明な水かきが乾涸びるの
を
感じようとしていた

沈丁花の蕾のふたつばかりが咲いたことを
今年も君の電話越しに知る、けれど
鼻づまりの君に匂いは伝えるの
は

去年の記憶の中に咲くあの花だ

春の闇は液体だから僕らはみな
泳がなければならない
溺れてはいけない理由などなくて
路地裏に酒瓶のよう
に
坐る猫の目が緑に光る

裏返しに脱ぎ捨てられた乙女座の
麦の穂は豊穣を約束しない
飢えていることの
健全さをいうとき君は必ず早口
で

光の速さで行ける範囲を歩き回った

はるのあわゆきの
余白の白さを
恬淡
と声にし
て
読む、読んでは降る

鳥の落とした花びら

冬鳥が旅立ってゆく晴天に羽毛のルームシューズを洗う

文鳥が卵から孵りはばたいているように咲く木蓮の花

ことりっぷ、ことりのくちびるやわらかい気がしてふたりで笑ってしまう

火の色を使って君は空に棲むいきものたちの呼吸を描く

もう何も言いたくなくて堕ちてゆくひばりひばり聞くその声を

さかしまに枝につかまり花を食む鶫のまなこの冷たいひかり

二分咲きの桜の下に寝ころべば鳥の落とした花びらが降る

春風にはばたくページ小笠原鳥類詩集を野辺に開けば

あおいろの風切羽をラミネートフィルムで包み手紙に入れた

雪解けの水は谷へと流れこむふざけて素肌にのせた氷菓の

長い指が髪を洗ってくれるとき揺れる乳房の先まで春だ

Ambarvalia あむばるわりあ水浴びの女神の髪に花びらが散る

さくらばな敷きつめられた浮土を踏むと気怠い乳房のおもみ

群雲も桜の雲も胸分けてあなたへ腕をのばす月光

幻の桜がこころの暗がりに咲きひろがって息ができない

肺いっぱい桜の呼気を吸いこんであなたと計る春の深度を

雨だれに散った花びらそのうえに鳥の落としたひとひらがのる

中家菜津子（なかいえ・なつこ）
短歌と詩の人。未来短歌会所属。『喜和堂』同人。
東京生まれ北海道育ち。「うずく、まる」で第一回
詩歌トライアスロングランプリを受賞。
著作：新鋭短歌シリーズ『うずく、まる』（書肆侃
侃房）、小作品集『水の器』。カニエ・ナハとの共著
『火と雁』。

齋藤靖朗
YASUAKI SAITO

書物の未明

師走のあわただしい大通りから小道を一本入ると、すっと喧騒が遠ざかる。会場はすぐに見つかった。階段を降りて半地下になった入り口で受付をすませると、ロビーにクリスマスツリーが飾ってあるのが目に入った。ここへ来るまでに通り過ぎてきた街中のお祭り騒ぎのようなイベントの光景とはまったく違って、穏やかで澄んだ空間だった。キリスト教に親しんでいたわけではないが、どこか懐かしい気分になる。かつては、一般家庭でもこの日に対する敬虔な感情が底に流れていたと思う。

二〇一六年十二月二十二日、ルーテル市ヶ谷ホールで開催された遊佐未森のクリスマスコンサート。教会が運営するホールということもあり、広めのステージの奥には十字架とパイプオルガンが見える。こういう場所では、それにふさわしい曲を聴いてみたくなる。声楽を学んでいた彼女のことだから、クリスマスにちなんだ聖歌を歌うのではないかと期待していた。そのとき頭にあったのは、誰でも知っているいくつかの曲だった。

だから、コンサートの中ほどで歌われたその曲はまったくの不意打ちだった。彼女が選んだのはイタリアの友人から教えてもらったという、日本ではあまり知られていない聖女の曲だった。その名前を聞いて驚いたのは、会場では私一人くらいだったと思う。

ヒルデガルト・フォン・ビンゲン。日本ではビンゲンのヒルデガルトとも呼ばれる中世の修道女。この名前を知っていたのは恩師の種村季弘先生が評伝『ビンゲンのヒルデガルトの世界』（青土社）を書いているからだ。ちょうど大学に入学した頃に刊行されたため、授業でヒルデガルトの逸話に話が及ぶこともあった。

ヒルデガルトは一〇九八年、ドイツのラインヘッセンの貴族の家に生まれた。生まれつき体が弱く病床で様々な幻視を体験したことから、両親は彼女を修道院へ入れた。そこで幻視に基づく宗教的な著作を著す一方、ビンゲン近郊のルーペルツベルクに新たな修道院を建設、その院長として八十一歳の生涯を閉じた。

彼女の幻視は教皇のお墨つきも得て広く知られるところとなった。「傑出した作品で十二世紀の世界観に基づくまさに百科全書である」（レジーヌ・ペルヌー『中世を生きぬく女たち』福本秀子訳、白水社）と評された彼女の主著『スキヴィアス（神の道を知れ）』は全三部のうち第二部だけが翻訳されている。

その後に私は見た。巨大な町であるかのような大きさの女人の像を。その頭にはまばゆいばかりの飾りを戴いており、そして両腕からは、長い袖かと見紛うような光彩が、天から地までを輝かせ、広がり降りている。しかしその下腹部には網の目状に多くの穴が開いており、その中を大勢の人間が思い思いに出入りしていた。しかし彼女は、脚部と足とをもってはおらず、神の前に位置する祭壇の前にその下腹部から〔立っており〕、両腕を広げて祭壇を囲み、そのきわめて鋭いまなざしで天空をあまねく見据えていた。だがしかし、その胸に曙光のような赤い光を煌めかせつつ輝かせながら、全体がまばゆいばかりの晴朗さとあまたの光彩に取り囲まれているということ以外、彼女の衣のいかなる様子も私には見極めることはできなかった。さらにそこで私は聞いた。さまざまな楽器の音色で、まさしく彼女について「曙光のように煌めく者」と歌われるのを。（「第二部の第三の幻視」)

彼女の幻視の特徴はなんといっても壮麗なヴィジョンだろう。光と色彩に満ちあふれていて、読むものを圧倒する。さらに音楽も伴っていた。音楽は彼女にとって特別なものであり、多くの宗教歌曲の作詞作曲も手がけている。それだけではない。さきに挙げた幻視の書には細密画が付されており、その制作も指揮し、さらに治療のために植物、動物、鉱物を観察研究し博物学的な書物も執筆した。また幻視の書を公表したり修道院を設立するときには巧みな議論や交渉の能力も発揮した。これは女性が学問を身に付けることの難しかった当時にあっては驚異的なことである。

それをすべて独学で、ということは同時代のありきたりの権威や知的水準を一顧だにせずに、それぞれの源泉から直接に汲んでこの地上に媒介した。したがって先入見に囚われずに対象を正確に観察した。それが期せずして、目に見えないイデアをさえ具体物によって認識しようとする中世人の好みと一致した。(『ビンゲンのヒルデガルトの世界』)

巡礼者や修道院への入会希望者が殺到するなど同時代人にはカリスマ的に支持されたヒルデガルトだったが、忘れられるのも早かった。「ヒルデガルトの存在が（ほぼ二十世紀にいたるまで）忘れられていたのは、彼女の粗野なラテン語のせいだという説もある」（『ビンゲンのヒルデガルトの世界』）。正規の教育を受けていない彼女は、フォルマールという男性修道士の協力を得てラテン語の書物を実現したが、多くの人の目に留まることはなかった。書物の伝達力は現在ほど強くはない。

修道院にあるラテン語の書物に注目する人々が現われたのは、それから二百数十年後のこと。イタリアの人文主義者たちである。

ブックハンターたちの主な狩り場は古い修道院の図書館だった。それにはもっともな理由がある。何世紀にもわたる長い歴史の中で、修道院は本に関心を持つ実質的に唯一の機関だったからだ。（『一四一七年、その一冊がすべてを変えた』）

キリスト教に関するものに限らず、一般には失われていたと思われていた古代の書物が見つかるかも知れない場所。それが修道院だった。ウンベルト・エーコ『薔薇の名前』の迷宮のような文書館を持つイタリアの修道院を思い出す。

この世の中に怪物が存在するのは、それも神の意図の一部をなすからであって、怪物の恐ろしい形相のうちにさえ創造主の尊い力は窺われるのです。したがって魔法使の本も、ユダヤのカバラ神秘説も、古代詩人の寓話も、異教徒の嘘も、すべては神の思し召しによって存在するのです。(『薔薇の名前』)

一四一七年、教皇の秘書だったポッジョ・ブラッチョリーニは教皇の失脚によってドイツ滞在中に無職となってしまう。人文主義者であった彼は、その状況を逆手にとり異国での本探しに奔走した。彼が向かった先として最有力と考えられているのはフルダ修道院。ヒルデガルトのルーペルツベルク修道院からは東に百数十キロ離れたところにある。ヒルデガルトの説教旅行や書簡のやりとりを含めた活動圏からそう遠くはないところだ。彼が写本を作りイタリアに持ち帰った本こそルクレティウス『物の本質について（事物の本性について）』である。

また曙の光がさしてから暗い夜のせまるまで
絶えまなく話しつづければ、あなたは
体からどれほどのものが取り去られ、また人間の筋肉および
力そのものがどれほど失せるか見のがさないであろう、
とくに高い叫びで呼びつづければどれほどひどいかを。
それゆえ声は物体的なものであることに間違いない。
（『事物の本性について』）

ポッジョはそのラテン語の美しい詩文に魅了されたのだが、問題はそこに書かれた内容だった。エピクロス哲学の影響を受けたこの長編詩は、観察と合理的推論から原子論に近い考え方にたどり着き、無神論に迫っていた。その思想はルネサンスに大きな影響を与えることになる。

ルクレティウスの詩人としての才能によってその思想の過激さが和らげられたように、それらの思想はイタリアの人文主義者たちと直接、間接的に交流していた芸術家たちによって、まったく制御が困難なさまざまな形で変換された。画家ではサンドロ・ボッティチェッリ、ピエロ・ディ・コジモ、レオナルド・ダ・ヴィンチ、詩人ではマッテオ・ボイアルド、ルドヴィコ・アリオスト、トルクァート・タッソがいる。そしてほどなく、これらの思想はフィレンツェやローマから遠く離れた場所にも姿をあらわした。（『一四一七年、その一冊がすべてを変えた』）

この本は昭和初期の日本の科学者にも感銘を与えている。「帰りの電車の中でところどころ拾い読みにしてみると、予想以上におもしろい事がらが満載されてあるように感ぜられた」という寺田寅彦は、その普遍的な魅力について次のように記している。

もし時代に応じて適当に釈注を加えさえすれば、これは永久に適用さるべき科学方法論の解説書である。またわれわれの科学的想像力の枯渇した場合に啓示の霊水をくむべき不死の泉である。また知識の中毒によって起こった壊血症を治するヴィタミンである。（「ルクレチウスと科学」）

こうしたドラマチックな書物復活のエピソードに彩られたルネサンスとは無縁の存在だったヒルデガルトは、しかし現代に至って再評価され、その現象は「ヒルデガルト・ルネサンス」とも呼ばれている。きっかけは一九七九年、ヒルデガルトの没後八百年に当たる年に、ドイツ国内で記念切手が発行されたり様々なシンポジウムが開催されたこと。二〇一四年にはドキュメンタリー映画「型破りな神秘家　ヒルデガルト・フォン・ビンゲン」も制作されるなど、その再評価は現在まで続いている。

現代人から支持されているのは、ヒルデガルトの博物学的著作に観察を重視した自然科学者の態度が見受けられるからだろう。ハーブを使った治療や料理のレシピは現代でも有効だと考えられ、関連本が数多く出版されている。

音楽もまた高い評価を受けている。さまざまな演奏者によって演奏されているが、ヒルデガルトの音楽を現代に蘇らせる上で大きな役割を果たしたのは、なんといってもセクエンツィアという古楽演奏グループだ。中心メンバーの一人バーバラ・ソーントンはヒルデガルトの曲に魅了され、現在伝わっているヒルデガルトの七十七の宗教歌曲と音楽劇「オルド・ヴィルトゥトゥム（神の諸力の劇）」の全曲録音を主導した。残念ながら彼女は録音完成直後、ヒルデガルト生誕九百年に当たる一九九八年、四十八歳の若さでこの世を去った（萩谷由喜子『音楽史を彩る女性たち　五線譜のばら2』ショパン）。

そのセクエンツィアのＣＤのセットが手元にある。十数年前に購入して折にふれて聴いていたので、遊佐が歌った曲はすぐにわかった。「O quam mirabilis est」『Symphoniae』というアルバムに入っている。

O quam mirabilis est praescientia divini pectoris,
quae praescivit omnem creaturam.
Nam cum Deus inspexit faciem hominis,
quam formavit,
omnia opera sua
in eadem forma hominis integra aspexit.

O quam mirabilis est inspiratio,
quae hominem sic suscitavit.

ラテン語にはまったく不案内だが、ブックレットには英訳と独訳が併載されていたので、適宜参照しながら訳した。稚拙ながら大意くらいはつかめると思う。

おお　なんと驚くべきことか　神の御心の見通す力は
あらゆる被造物について　あらかじめ知っていた
たしかに　神は自らの創造した人間の顔を観察したとき
自らのあらゆる御業が
その人間のなかに完全にあることに気づいた
おお　なんと驚くべきことか　生命の息吹は
人間をこのように目覚めさせたのだ

神の予見の力を讃えるこの詩はヒルデガルトの著作の記述に基づいているよ

うだ。

神はすべてをその予見において知っていた。神は、すべての被造物が形姿をもたぬうちから、あらかじめ彼らを見てしまっていた。世界のはじまりからその終末にいたるまで、神の目に隠されているものは何一つない。(『神の御業』第三部)

この曲だけではない。「『スキヴィアス(道を知れ)』に見られるモティーフは彼女の典礼音楽に繰り返し現われ」(佐藤直子「解説」、『中世思想原典集成15 女性の神秘家』平凡社)ているし、音楽劇「オルド・ヴィルトゥトゥム」も『スキヴィアス』の幻視をもとに作られた。博物学的な著作の根底にもそれは流れている。ヒルデガルトの活動全体が独自の宗教的ヴィジョンに基づいた総合的な表現だといってもいいかもしれない。こうした総合的な表現を形にするには協力者の存在は欠かせない。ヒルデガルトにはフォルマール修道士や修道女たちがいた。時を超えてセクエンツィアという共鳴者たちもいた。彼らは音楽を現代に甦らせるために、ネウマ譜と呼ばれる当時の楽譜を五線譜へと直し、さまざまな歴史的・文化的考証もした。ヒルデガルトの時代の響きをもとめて演奏形態にもこだわった。

私たちは、できるだけオリジナルに忠実でありたいと考えていますから、基本的には宗教音楽は教会でしか演奏しないことにしています。それは、単に宗教的な理由からだけではなく、音響効果の問題なのです。中世の音楽にとってロマネスク様式の教会での音響は、音楽の一部なのです。(「「セクエンツィア」が語る、今日の古楽」)

アルバムを聴くと、石造りの教会ならではの反響が荘重な雰囲気を感じさせる。聖歌には詳しくなくても、そこで歌われているものが清らかな聖なるものであることがすぐに了解される。仏教の声明を聴いたときの感覚にも近いものがある。

ヒルデガルトの音楽は同時代のグレゴリオ聖歌とはいささか違っていたらしい。ひとつはメリスマ。一音節に対し複数の音を当てる装飾的な歌い方で、日本のコブシに似ている。もうひとつは広い音域と跳躍音程。これらは動きの少ない同時代の聖歌に比べると、感情が乗せやすいといえるのかもしれない。

ヒルデガルト自身は音楽をどのように考えていたのだろうか。十枝正子はヒルデガルトの書簡を次のように要約している。

神は天上のハーモニーそのものであり、これを体現しているのは神をたえず賛美してやまない天使たちの合唱で、その声は美しく調和していて天上の至福の状態を表している。人類が神に背く前は人類の声はこの天使の声によく調和し協和していた。罪により人類はこの声を失ったが、神は再び人類に真理の光を注ぎ、神を賛美して歌うことによって天使の合唱に唱和し、天上の至福へと至る道を示された。(「ビンゲンのヒルデガルトの宗教声楽曲」)

神を讃える歌を歌うことによって人は救済される。それもただ歌えばいいというわけではない。書簡には「楽器の素材と特性に合わせ、最善を尽して創造主を賛美する」とも書かれているという。セクエンツィアのアプローチはまさにこの考え方に基づいているといえるだろう。ここで歌は宗教的な実践そのものとなる。

「歌うこと」は「祈ること」であり、また「祈ること」が「歌う」ことでもある。(「ビンゲンのヒルデガルトと天上の歌」)

日本語の「うた」という言葉も祈りと関係が深い。「うた」の語源について、折口信夫は次のように考える。

うたふはうつたふと同根の語である。訴ふに、訴訟の義よりも、稍広い哀願・愁訴など言ふ用語例がある。始め終りを縷述して、其に伴ふ感情を加へて、理会を求める事に使ふ。此義の分化する前には、神意に依つて判断した古代の裁判に、附随して行はれる行事を示して居た。勿論うたふと言ふ形で其を示した。神の了解と同情とに縋る方法で、うけひ(誓約)と言ふ方式の一部分であつたらしい。うたふと云ふ語の第一義と、うたふ行為の意識とが明らかになつたのは、神判制度から発生したのである。(「国文学の発生（第四稿）」）

大野晋『古典基礎語辞典』によると「アクセント面から考慮して、ウタガフ（疑う）やウタタ（転）のウタと同根で、自分の気持ちをまっすぐに表現する意とする説もある」という。

一方、漢字の「歌」については白川静が次のように説明している。

> 哥は可を重ねた形で、可は丁（木の枝の形で、杖）で𠙵（神への祈りの文である祝詞を入れる器）を殴ち、その祈り願うことが実現することを神にせまるの意味で、「可し」という命令と「可し」という許可の二つの意味をもっている。欠は立っている人が口を開いて叫んでいる形で、神にせまるとき、その神に祈る声にはリズムをつけて、歌うように祈ったのであろう。（『常用字解』）

歌が祈りであるというのは、人間文化にとって普遍的なものであるらしい。そしてその祈りが成就すれば大きな力がもたらされる。歌うことで活力が得られるということを端的に示したエピソードがある。

第二ヴァティカン公会議のあと、アメリカのあるトラピスト修道院の修道士たちがそれにすなおに従って、日課祈禱をラテン語で唱えることをやめてしまった。すると物事がすべてうまくいかなくなった。とくに注目すべきなのは、日に四、五時間の睡眠ではもたなくなってしまったことだ。それまでは何人かの修道士たちはそれぐらいの睡眠時間で何年間もやってこられたのだ。それにほかの不都合も生じてきた。つまり病気や心理不安が続発し、彼らの瞑想生活の基盤さえくつがえされそうな状況になったのだ。ありきたりの改革を何度も試してみたけれど結局どれもうまくいかず、これはひっきょうグレゴリオ聖歌を典礼で歌うという時間をなくしてしまったことが病気の原因なのではないかということになった。そこで特別許可を得たうえで古いならわしを復活させたところ、修道士たちのゴタゴタはいつのまにか消えてしまった。(『星界の音楽』)

宗教的な歌の力ということでいえば、ハインリヒ・フォン・クライストの短編も忘れがたい。十六世紀末、聖像破壊運動にかぶれた四人兄弟が修道院に乗り込むが、音楽の力で改心するという話だ。

ご子息さまがたは音楽がはじまると同時に、私どもにはまことに奇妙に思われましたが、やおらいっせいに帽子を脱がれた。四人はなにやら深い、いうにいわれぬ感動にひたっているもののように、しだいに面を伏せてこれに両手を当て、それから副牧師がしばし感動的な間をおいて突然くるりとふり返ると、おそろしい大音声を張り上げて私ども全員に、ただちにみんな帽子を脱げ！　と言われたのです。何人かの同志が肘先で軽く突いて、聖像破壊さわぎの合図を出すよう耳元にささやきかけましたが無駄でした。副牧師はそれには答えず、十字に組んだ両手を胸に当て、がばと跪いて、ほかのご兄弟とともに熱にうかされたように額を塵におしつけ、いまのいままで嘲弄の的にしていたばかりの一連のお祈りのことばを唱えるのです。
(「聖ツィチェーリエあるいは音楽の魔力」)

四人は最終的に精神病院へ入れられてしまうため、やや皮肉めいた結末となっているが、宗教的な音楽の理想形といってもいいかもしれない。

しかしこれほどの力がある音楽は逆方向に向かえばおそろしい呪いも生みかねない。二十世紀にはその呪いが吹き荒れた。

> 音楽は、演奏家という奉仕者を求める。音楽は聴衆という生贄を求める。音楽は人々を従属させるのである。この音楽の暴力性を自分の権力確立のために最大限に用いたのが、『十八時の音楽浴』の大統領ミルキであり、ヒトラーだった。（『聴覚刺激小説案内』）

『十八時の音楽浴』は海野十三のSF小説である。活力を沸き立たせる音楽を体に浴びせることで、人々を限界まで働かせようとする。

> 聞くこと、それは従うことだ。聴きとることをラテン語では、オバウディーレ〔obaudire〕と言う。このオバウディーレという言葉はフランス語に入って、従う（オベイール）〔obéir〕という語形に派生した。傾聴（オーディシオン）にしろ、アウディエンティア〔audientia〕にしろ、それは一種のオバウディエンティア〔obaudientia〕、

すなわち服従（オベイサンス）なのだ。（『音楽への憎しみ』）

「耳にはまぶたがない」（キニャール）ので、身近で鳴り響く音を拒むことはできない。それは録音再生機器の発達によって加速された。

音楽は、その実践の増大によってではなく（それは逆に少なくなった）、その再生と聴取によって、今や騒音との境を超えてしまった。街にはメロディーが氾濫し、本能的な恐怖感さえ誘発し、カービン銃による殺人が生じるほど事態は深刻になっている。（『音楽への憎しみ』）

セクエンツィアの響きを再現しようという試みは、音楽的な探求としては重要なものだろう。だが、再現には限界がある。また、仮に再現したとしても、それを残そうとして録音すれば、今度はそれによってな決定的に変質してしまう。録音で音楽を聴く行為は楽しみにはなりえても祈りにはなりえない。祈りはあらかじめ用意することはできない。一回限りのものであるからこそ力をもつ。

パトスのヘシュキオスはこう言った。「祈りとは、身動きしない思索だ。」この荒野の僧侶はこうも書いた。「祈りとは、猟犬に囲まれてじっとしている野生の動物だ。」ヘシュキオスは最後にこう言った。「祈りとは、その沈黙のなかで見張っている死だ。」(『音楽への憎しみ』)

「意味を持つものの向こうに言語の身体があるということ、それは音楽の定義だ」とキニャールはいう。歌うという行為は意味を身体を通じて体現するのである。

遊佐の歌うラテン語をその場で理解できた人はおそらくいないだろう。だがそれはまぎれもなく祈りであることを会場の聴衆は理解し共有していたと思う。歌う人とともに祈りを共有しこの世界を思うこと。そのために歌の生まれる場所へ何度でも足を運びたい。

【出典一覧】

ヒルデガルト・フォン・ビンゲン「第二部の第三の幻視」（上智大学中世思想研究所・冨原眞弓編訳・監修『中世思想原典集成15　女性の神秘家』平凡社）

種村季弘『ビンゲンのヒルデガルトの世界』（青土社）

スティーヴン・グリーンブラット／河野純治訳『一四一七年、その一冊がすべてを変えた』（柏書房）

ウンベルト・エーコ／河島英昭訳『薔薇の名前　上』（東京創元社）

ルクレティウス／藤沢令夫、岩田義一訳「事物の本性について」（『世界古典文学全集　第21巻』筑摩書房）

寺田寅彦「ルクレチウスと科学」（『寺田寅彦随筆集　第二巻』岩波文庫）

「O quam mirabilis est」（Sequentia「Hildegald von Bingen : Symphoniae」BMG GD77020）

ヒルデガルト・フォン・ビンゲン『神の御業』第三部（抄訳）（種村季弘『ビンゲンのヒルデガルトの世界』青土社）

「「セクエンツィア」が語る、今日の古楽」（伊藤はに子聞き手・構成、「音楽芸術」一九九七年十一月号）

十枝正子「ビンゲンのヒルデガルトの宗教声楽曲―ヒルデガルトの生涯と神学的音楽観」（「エリザベト音楽大学研究紀要」25）

三村利恵「ビンゲンのヒルデガルトと天上の歌―ある中世神秘主義者の祈りと音楽についての一考察」（「大阪音楽大学研究紀要」39）

折口信夫「国文学の発生（第四稿）」（『折口信夫全集1』中央公論社）

白川静『常用字解』（平凡社）

ジョスリン・ゴドウィン／斉藤栄一訳『星界の音楽』（工作舎）

ハインリヒ・フォン・クライスト「聖ツィチェーリエあるいは音楽の魔力」（種村季弘訳『チリの地震』河出文庫）

奥澤竹彦『聴覚刺激小説案内　音楽家の読書ファイル』（音楽之友社）

パスカル・キニャール／高橋啓訳『音楽への憎しみ』（青土社）

齋藤靖朗（さいとう・やすあき）
1974年千葉県生まれ。大学在学中より恩師・種村季弘の書誌を作成、ホームページ「種村季弘のウェブ・ラビリンス」で公開。『詐欺師の勉強あるいは遊戯精神の綺想　種村季弘単行本未収録論集』（幻戯書房）の編集・解題を担当。「かつくら」（桜雲社）でブックレビューを執筆（軽美伊乃名義）。
HP http://www.asahi-net.or.jp/~jr4y-situ/

松葉末吉

SUEKICHI MATSUBA

松葉末吉のポ

松葉末吉のポエジィ。

北海道釧路市に弟子屈町はある。

アイヌ語の〈テシカ・カ〉（岩盤の上）に由来する町名は「てしかが」と読む。この弟子屈町でバス運転手をしながら写真を撮りつづけた男がいた。

松葉末吉という。

写真家を知ったのは、別項で紹介している中標津在住の版画家・細見浩さんの取材で出かけた中標津空港ロビーでのパネル展示によってだった。二〇一四年のこと。小さな空港の、ただでさえ人のいないロビーでの展示は、内容が放つものとはアンバランスなほど質素で、足を止める人の姿もなかった。

僕にはしかし、まるで誰かに肩をぽんと叩かれ呼び止められでもしたかのように、そこに並ぶ写真たちが親しく語りかけてくるように感じられた。さてなぜだろう？　そこに写る子らの生き生きとした表情が魅力的だったのは言うまでもないことだが、僕の目をまるで外国人のそれにしてしまう作用を感覚させるものは何だろうか……。この問いから四年を経て、ようやくこの写真家について記すことができた。

松葉末吉は一九〇二（明治三五）年生まれ。一九九八年、九六歳のときに石狩市で亡くなっている。弟子屈町で、川湯駅と温泉街を結ぶバスの運転手をしていたアマチュア写真家である。とは言えこれらの写真を見るとき、それがプロかアマチュアかという区別は全く重要ではなくなるほど、写真に必要なチャームのすべてがここには在り、眼差しはあくまで透明で澄みきっている。

しかし松葉がこうした一連の撮影を行っていたのは戦前の、ごく一定の期間に限られてしまう。熱心な撮影活動を行っていた当時は『アサヒカメラ』への投稿もしており、評価も得ていたようだ。ガラス乾板も使用したらしいが、ツァイス・イコン・スーパーシックスが愛機と記録にあるので主にブローニーフィルムでの撮影が多かっただろうか。日米開戦を三九歳で迎え、既に戦地へ赴く年齢ではなかったため北海道で終戦を迎えたが、戦争を境に大判／中判写真を撮ることはなくなり、その後は家族のスナップを撮るくらいだったという。

＊

北海道での取材旅行途中で偶々見かけたこの写真家については、時間が経ってもその興味が霧散することはなかったが、当時の僕はまだ出版とは縁のない世界の住人だったため、そこへ垂らされた紐を引くきっかけを持てずにいた。昨二〇一七年に編集室を起ち上げ出版に漕ぎだしたとき、はじめに思ったのは、あの松葉末吉の写真をまとめることはできないか、ということだった。そこから実際に取材を始めるにあたり、ずいぶん遠まわりをした挙句にようやく辿り着いたのが松葉のご子息で次男の憲二さん（一九三三／昭和八年生まれ）。掲載の希望を伝えると快く父上の作品を貸し出してくださった。ここで紹介している数枚の写真に登場する、坊主頭のいかにもやんちゃそうな男の子が松葉憲二さん。現在八六歳でお元気だ。

＊＊

「当時この辺りには井戸がひとつしかなく、父が写真の現像をするのに使う水を一キロ離れた井戸へ姉（英子）と毎日汲みに行かなければならないんです。それはとてもつらかったけど、自宅にあった暗室や引伸し機を使って父が作業しているところ、

とくに乾板なんか扱ってるのを見るのが大好きでした。」

そんな水汲みのご苦労を家族にさせながら撮りためていった作品は、革製や布張りの、昔ながらのかなり重厚なアルバムに収められているのだが、手もとには四冊しか残らず、九冊ほどの貴重なアルバムは松葉が気前よく知人らにあげ、散逸してしまっているのだそうだ。このことを、憲二さんの母で松葉の妻・アサノは夫に対し激しく抗議していたらしい。

それもそのはずで、弟子屈町付近では川湯温泉の源泉があるため、どこを掘っても出てくるのは温泉で、なんとか井戸から水を引いても酸性の硫黄泉が鉄管に穴を開けるし、真水の井戸を掘り当てるのにも苦労したようである。そのため憲二さんやほかの子どもたちは一キロも離れた近隣唯一の井戸へ水汲みに行かされたわけだが、松葉の写真現像用だけでなく、炊事洗濯のための生活用水もここから運ばなければならなかったのだ。子らの、そうした苦労を思ったアサノの心中は容易に窺い知れるし、だいいちせっかくのすばらしい写真がもったいない。

さらに先の言葉にあるように、松葉はガラス乾板での撮影／現像も写真術に用いていたようだ。暗箱や乾板ホルダー装填の

手間を考えたとき、仮にそれが家族を被写体とした屋外撮影であるならば、その忍耐は撮り手の松葉だけでなく撮られる側の家族にも及ぶわけだから気前よく手放していいようなものではなかったはずだ。

憲二さんの談話に「家にあったバスでよく遊んだ」という言葉が出てきた。松葉は路線バスの運転手であり、なおかつ当時の東邦交通（現・くしろバス）の社員なので、家にバスがあったというエピソードは今に照らして思うとひじょうに牧歌的でいい。当時運行していたバスはボンネットバスで、愛らしいその躯体はフロント部分を鼻に見立てれば牛に似ていなくもない。釧路と言えば畜産を思い浮かべるので、なんだか家にバスを飼っているようだと思えて微笑ましい思いがする。バスの車庫が自宅にあったということは松葉自身が車輌のメンテナンスも行っただろうから（推測の域は出ないが）メカニック全般につよかったのだろう。カメラの乾板ホルダー装填なども厭わず、むしろ写真術を楽しんでいたにちがいない。

＊＊＊

さて松葉末吉が写真を撮っていた時代のことを考える。生まれが一九〇二年なので、一九〇一年生まれの木村伊兵衛とは同年代。しかしながら若くしてプロの写真家として脚光を浴びた木村とはもちろん比べようがないし、作風も異なる。紙幅の都合からここでは紹介しきれていないが、松葉にはセルフタイマーを用いて自身を、しかも背後から撮るような構図の写真もあり、家族の協力が得られない場合は（もしくは一人で研究したいような場合には）自らを被写体として写真術を学んでいた様子が窺える。

人物を背後から捉えようとするその構図（あるいは作画上の癖）には、やはりアマチュア写真家として名を馳せた福原信三（一八八三年生まれ・資生堂創業者）あたりの作品に親近感を抱いていたのではなかったか……と、そんなふうにも思えた。

また、一八九四年生まれのジャック＝アンリ・ラルティーグはどうだろう。同じくアマチュア写真家として知られたラルティーグは日本でも七〇年代に多くの写真集が発行され、そのセピア調の作品群が人気を博していた時期があったが、二〇一六年に日本で初めて公開された一連のカラー作品を見たとき、カラー写真を残していない松葉末吉のことをむしろつよく想起した。前出の木村伊兵衛は、子らや市井の人々の表情／笑顔からフォトグラフを発揮させていったが、ラルティーグや松葉は作画の枠内に表情――しかも最高の表情！――を招じ入れながら構成していったように僕には見受けられたからだ。それは松葉より一〇ほど年若いものの戦前に写真家デビューを果たして登場する植田正治（一九一三―二〇〇〇）が家族を被写体とした初期作品にも相通じるものが見てとれる。

松葉作品での家族の表情がこの上なく生き生きとしているのは、撮り手が父あるいは夫だから、という理由のほかに何か特別な魔法があったのでは？　と勝手な想像を巡らせ、野暮な質問なのは承知で「写真に撮られることの心構えのようなものをふだんから家族へ向けて話していたのですか？」と憲二さんに訊いた。答えはノー。

「むしろ私たちのほうが撮られることに意識的だったのではないでしょうかね。」

それは僕の期待した答えではなかったものの、納得のいく感覚だと思えた。なぜならこれが、父または夫・松葉への、そして松葉作品への、家族からの愛情に満ちた回答だったからだ。この言葉に現れた、撮影という行為または行事に対する家族単位の協力と合意こそがこれらの傑作を成立させたという側面は見逃せないし、このことはすなわち松葉のチャームが（父としても人間としても）作品にはっきりと写し込まれていることの証左でもある。ただ、それだけではない、その眼差しの確かさはすぐれた写真家としての資質を一連の写真にしっかり宿している。

子どもの頃、バスの運転がまるで魔法みたいに映る思いを誰しも経験したと思うが、バスだけではなく、松葉は、凡百の職業写真家が体得できない魔法を、写真術でも実現して見せた。その魔法は、今ではあまり見かけなくなった確かな幸福を印画紙に定着させているのである。

＊＊＊＊

松葉が戦争を機に作品制作をやめてしまった理由は憲二さんにも判らない。しかし「戦時中は統制もあったから」と語る言葉のうちには、時代背景のことだけに留まらず、松葉が家族や風景をつうじて写したかったものが何だったか、また、そこから何が損なわれたのかについての示唆があるようにも思う。

ここに紹介した松葉末吉の写真は、ご子息・松葉憲二さんの手もとに残った四冊の貴重なアルバムからセレクトしたうちの、まだほんの一部に過ぎない。こうしてひとたびアルバムに収められてしまうことで、何度も繰り返しページをめくるうちにそれが一枚の写真作品というより、一家族の記録を見るような親しさで目が機能してしまいがちだが、それでも日を置いてアルバムをひらけば、そこには松葉末吉の写真家としての純粋が、ふたたび何かを問いかけてくる。

距離を少し置いてのち、写真術＝フォトグラフィーとしての松葉作品と再度対話したいと思う。単なる〈昔の写真〉というノスタルジーを超えて僕を動かすものが何なのか、そこに接近してみたい。そして後日また、愛とポエジィに満ちあふれたこれらの作品群をまとめる機会がもてたらと切に願う。

もしもここに松葉が居たら訊いてみよう——

——その国は何処ですか？

松葉末吉（まつば・すえきち）
1902年北海道弟子屈町生まれ／1998年没。
バス運転手をしながら愛用のツァイス・イコン・
スーパーシックスで撮影を続けたアマチュア写真家。

細見浩

Hiroshi HOSOMI

木版画撰

原野のサイロ 2002
木版

ねむろ 1972
木版

水辺　3月 1982
木版

サイロ　旧根釧農試 1975
木版

叢 2008 木版

冬　武佐岳（改版）2013 木版

細見浩（ほそみ・ひろし）

版画家。1936年北海道上川郡上川町生まれ。

北海道芸術大学旭川分校（現北海道教育大学旭川校）修了、中標津で教諭として勤務。

幼少期より絵を描くことが好きで、木版画は教職に就いてのち独習。26歳のとき版画家・阿部貞夫と出会い影響を受け、この頃より本格的な木版に取り組む。以来50余年、根室地方に腰を据え四季の変化に富む道東の自然を見つめながら数々の美術展・木版画展への出展を経て、精力的に制作をつづけている。

2014年『細見浩版画集』（焚火社）を息子で音楽家・細海魚のCD作品『HOPE』を添え500部限定で発行。たちまちのうちに完売する（2018年増刷）。

2018年2月、東京では初めての展示となる『山と版画家』展を世田谷『タビラコ』にて開催。間を置かず、中目黒『COWBOOKS』での作品展示も行われる。

※編集室補記
細見浩さんは2018年3月10日ご逝去。

『未明』02巻編集中の出来事であり、また、地元北海道のみならず全国的に評価が高まっていた矢先のこと、悔やまれてならない。

ここに謹んでご冥福をお祈り申し上げます。

ボレッタ・シリス-フー

Bolatta SILIS-HØEGH

Learning To Breathe A

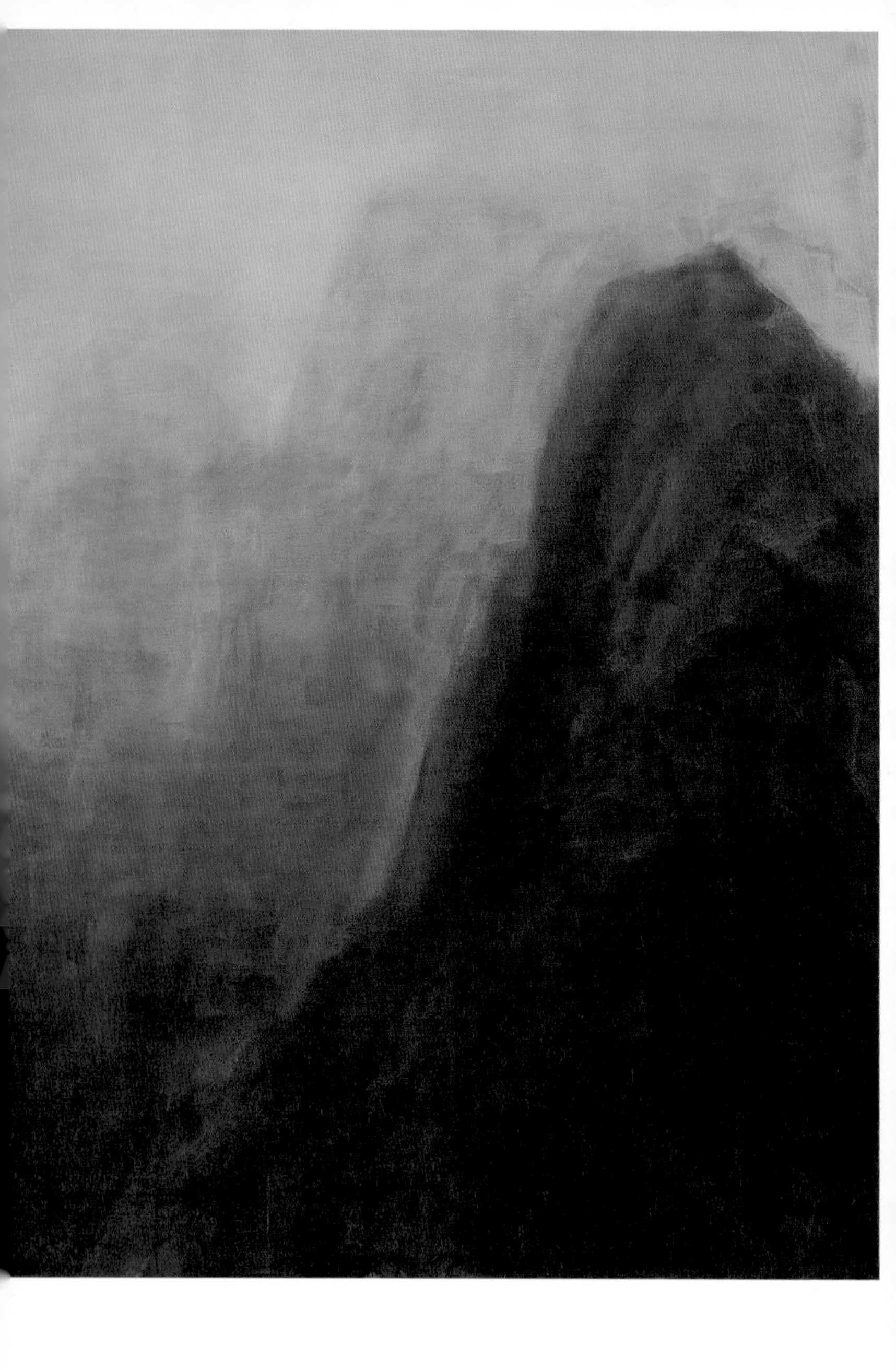

I can hear myself breathing 2015
160×120cm Acrylics on canvas

Phobia, I danced 2014 150×200cm Acrylics on canvas

Morning 2015
200×300cm Acrylics on canvas

Telling stories 2016
80×100cm Acrylics on canvas

My childhood view 2017
Sample of 150×150cm Oil on canvas

ボレッタ・シリス＝フー Bolatta Silis-Høegh
画家。1981年グリーンランド出身。グリーンランド人の母（アカ・フー。画家／活動家）とラトヴィア人の父（アイヴァス・シリス。写真家）とのあいだに生まれ、カコトックで育つ。2006年、デンマーク・オーフスアカデミー芸術院を卒業後、数々の個展／グループ展に作品を発表する。現在コペンハーゲンおよびスウェーデン／グリーンランドにて活動。油彩画のみならず彫刻など現代アートの作品も制作する。2010年に行われた"Greenlandic Future Garden"展がデンマーク芸術評議会賞を受賞するなど、北欧各地域で作品の巡回展が催されている。自然をモチーフとし、その環境が破壊されることへの警告を作品の主題に置き、傷ついていく大地の象徴として血を流した自らの裸像を描いた作品も多い。兄のイヌーク・シリス＝フーはドキュメンタリーなどの映像監督として知られている。
https://www.bolatta.com

小松原ヱリ子

Eriko KOMATSUBARA

花びらのふちを

7号館2階

地球が動いているという事だけを知った幼い頃。地球がまわっているとは考えもしなかった。地面がスライドして動いていると勘違いしていた。私の家は今ここにあるけれど、きっと朝はあのアパート辺りにあったのだろう。その前はあの駐車場。少し前はここだろうか。気付かなかった、どうして。じっとしていればわかる筈だと微動だにせず家を凝視して、立っていた。

dopodomani

時折やってくる。曖昧は彷徨う。形容してしまったら、どこか違う。この言葉が近い。ああ、離れた。頭の上の方でこの言葉と言葉の隙間にいる。昨日の会話。降りたことのない駅の展覧会。話したいのに話せない。置いていきたい。どこに触れてもオレンジ。どれも粒状の暖色。つい瞬時に言葉を探して当てはめてみては、仮の満足感を得ている。しかし、そのままにすれば靄のようにうっすら馴染んでいく。温度差で結露している。水滴が、つー、と斜めに落ちている。新しい固まりのあるほうに気をとられて、ゆっくり音も立てず去っていく。また、曖昧を身に纏う。

追い焚き

ハッカ飴を口に放り込む。夜と朝のちょうど繋ぎめのような時間に家を出た。自分の呼吸ひとつひとつが凝縮したように冷たく、コロンと固く、透明な物体のように思えた。息をするたびに、生きる欠片を見ている。白く染めては、一瞬で目も肺も頭の中もクリアに真空パックで浮かび上がる。

しおり

小さい頃に受け止めた海はもっともっと、磁気のようにぐわあーっと、それでいて、すーっと引き寄せられるように吸い込まれながら遠のく感じがしたはずなのだが、鈍感になってしまった。

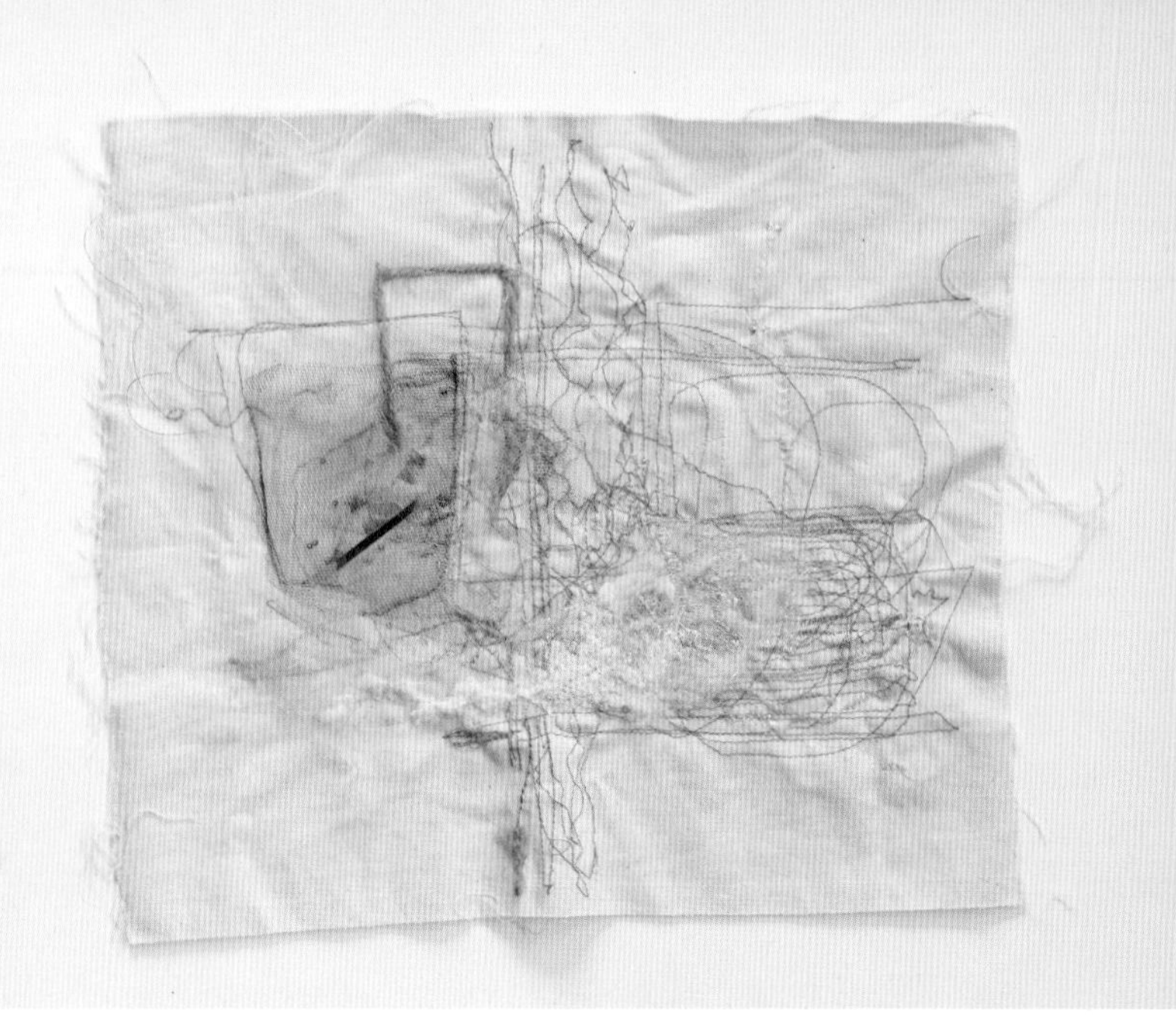

あぶく

電車を待つ。向かいの電車が来た。空いてた。窓から男の子がひょこっと出てきた。手を振ってくれた。振り返したらもう一人出てきた。双子。よっつの手で振ってくれたので、わたしも両手で振り返した。向かいの電車は動き出して、窓ガラスは斜め。反射で見えなくなるまで、むっつの手はひらひら。ひらひら。

前髪が見える

人と会い、跳ね返って、かき集める。セーターの編み目に引っ掛かる。色をなびかせているのは足元の草木だろうか。

小松原ヱリ子（こまつばら・ゑりこ）
1994年埼玉県生まれ。2017年、東京家政大学家政学部造形表現学科卒業。絵画、金工を中心に学ぶ。絵の具だけでなく、金属、布や土など様々な素材に触れて表現を模索してきた。また日々、文章やスケッチ、写真などメモ魔として記録している。

宮尾節子

SETSUKO MIYAO

太陽は芝生に

魔法

丑三つ

麦の穂教会

神様のスプーン

魔法

自分にかけた魔法が
とけないのね

自分にかけた魔法は
他人には　とけない

でもとけない魔法が
あるだろうか

ない

とけない魔法がある
という魔法をかけて
いなければ

あるかないかなら
残念ながら　ない
魔法はこれで

とく

丑三つ

私たちは
しんだひとに
つめたい

それは
しんだひとが

先に
つめたかった
からだ

「温めますか」
「はい」と

丑三つに
コンビニで
生き返って

お箸も
つけてもらう

麦の穂教会

汗ばんだ肌に
初夏の心地よい風が吹くたびに
広い麦畑では立ち並ぶ教会が一斉に揺れ始めます。
まるで信仰が揺れるように――

神父を見かけた人は
誰も居ないけれど、農夫は足繁く通うので
信仰は一面に広がり、礼拝もたいへん美しいと評判です。

一本の青い麦の穂を
手に取ると

幾粒ものまだ幼い信者の子達がぎっしり詰まっていて

そっと耳を傾けると
（むぎのたね　まきます　ぱらぱらぱら
小さな麦の子達が口々に歌う可愛いらしい賛美歌が聞こえてきます。
透明な風の指揮棒に合わせて――

（ひとつぶ　こぼれた　みちのうえ
けれど待ってくれぐれも尖った頭にはご用心。
（みつけて　とりが　たべました

歌が終わったらそれぞれに短い指を組んで
今はまだ一粒の
青い信仰だけれど

やがて皆残らず黄金色に熟れて
あなたのうれしい
明日の糧になりますように——と祈りを捧げふかぶかとお辞儀を。
すると
ぱらぱらぱらと
天上からは拍手のようにたくさんの——甘露の雨が降り注ぐのでした。

＊（こども賛美歌「麦の種まきます」より。

神様のスプーン

かみさまのすぷーんはちいさい
あのひとがすくわれなくて
わたしがすくわれたのは
ちいさいからだ

わたしの
あいすが

宮尾節子（みやお・せつこ）
詩人。高知県出身。飯能市在住。第10回ラ・メール賞を受賞（1993年）。既刊詩集『くじらの日』『かぐや姫の開封』『妖精戦争』『ドストエフスキーの青空』『恋文病』。新刊詩集『明日戦争がはじまる』（オンデマンド版）、『宮尾節子アンソロジー 明日戦争がはじまる』『牛乳岳』（電子書籍）など。
ツイッターで2014年初頭に公開した詩「明日戦争がはじまる」が各種メディアで話題になる。
Pw連詩組主宰。

遊佐未森

MIMORI YUSA

銀河灯

セントアンドリュース
見上げる冬の空は
スコティッシュブルー

耳を澄ます
鳥が飛ぶ

琥珀色が時を刻む
まぼろしの
遥かな色の

スコティッシュブルー
Scottish Blue

すれちがう風は
降り積もる景色
降り積もる季節

今ここにいること
ただそれだけになって

耳を澄ます
鳥が飛ぶ

遊佐未森（ゆさ・みもり）

仙台市出身。'88年アルバム『瞳水晶』（EPICソニー）でデビュー。以後19枚のオリジナルアルバムと、昭和歌謡のカバーアルバム『檸檬』『スヰート檸檬』やライヴ盤、ピアノ曲のみを収めた『piano album』などの作品がある。ライヴ活動もホールコンサートから弾き語りまでコンスタントに行い、コンパクトスタイルの春のライヴ"カフェミモ"は18年継続している。秋の恒例、仙台市天文台でのプラネタリウムコンサートも8回目を数えた。

著書に『ひなたvox』（角川文庫）がある。

最新アルバムは『せせらぎ』。デビュー30周年を迎えた'18年3月、ベストアルバム『PEACHTREE』をリリース（いずれもYMC）。

www.mimoriyusa.net

外間隆史

Takafumi SOTOMA

明
滅

冬の海岸

それは冬の海岸だった。あるいは『冬の海岸』という題名の映画を観ていたのかも知れなかった。しかし映画にしては寒過ぎ、現実だったとすれば美し過ぎた。ふたりは生まれて初めて焚き火をした。浜にはそれを禁止する立て看板が在ったが、それ以外にふたりを咎めるものは何も見あたらなかった。人もカモメも、犬さえその浜にはいなかった。運よく火はついたが、暖をとるほど長くは燃えてくれなかった。「流木が足りなかった」と彼女が呟き、「流木が湿ってた」と彼が呟いた。ふたりは波の音を聴き、それが砂の音なのか波自身の呼吸なのかについてしばらく論じ合った。

そのとき彼は彼女の睫毛に砂がひと粒ついているのに気づいた。「睫毛に砂がついてる」と彼が言い、「取って」と彼女が言った。彼はそれまで、彼女の睫毛の美しさを知らなかったことにも気づいた。砂のひと粒は、それが砂のひと粒だとは思えないほど様々な光を発していて、彼女の睫毛のカーヴで宝石みたいだと彼は思った。「ねえ、視界がぼやけてる」。彼女が言った。「どんなふうに?」と彼が訊いた。「白く霞んだ丸が目の前を覆ってる」「自分で取っちゃいけないよ。へたをしたら砂が目に入ってしまう」。

彼にはもはや砂が美しいのか彼女の睫毛の曲線が見事なのか見分けがつかない。しかし思い直してそれを睫毛から自分のゆびへ移した。彼のゆび先で砂は透明だった。「塩かな」。ふたり同時にそう言い、ひと粒も跳ねた。

明滅

夜明を待って、男は手の中で在りもしないスイッチを握り、かちかちとオン／オフをくり返す。それは信号だ。小さな白いテントが夜の向こうに在ると証言する男の、それは信仰でもある。

「雪灯りを貯蔵しているそのテントは定期的に空気を送っていないとやがてしぼんでしまうのです」。男はそう申告したが、「あなたはそのテントを実際に見たのですか？」。係官はそう訊き返した。

「そのテントは紙でできていて、ときどき空気を送らないとしぼむ……そう、紙風船を想像してみるとちょうどいい。彼女はそこを訪ねて新鮮な空気を送り、入口のところに掛けられたボードにきちんと日付と時刻を記すわけです。雪灯りはとても微弱な光なので室内の温度を一定に保つことを怠ると消滅してしまいかねない。年間をつうじてそれを管理するのが彼女の役目であり、彼女がテント内を動くことで世界に明滅が生じるのです。私はそれに応答しているに過ぎないのです」。

「彼女？　世界に明滅？」係官は筆記していた手を止め、男の目を見ながら言った。「わたしの〝世界〟では明滅など起こりませんよ？」。

それを聞いて男は肩を震わせて笑い、親指を動かした。係官は男の手の中で何かがかちかちと音を立てたのを聴いた。係官の次の言葉を待つまでもなく男がその手を拡げて見せると世界が、いや手のひらがぱっと光った。

箱庭男

男は空のレジ袋をさげ、そこに立っていた。白線で囲まれた箱庭の雑草には、名も知らぬばかりかこの目で見ることさえ困難なほど小さな白い花が無数に咲いていた。男はそこを「私が所有する庭だ」と説明したが、果たしてそれが本当に「私の」かどうかは判然としない。

「その袋には何が入っているの？」とよく訊かれるのだと男は言った。そしてその目は、この私にも同じ質問をせよと促すようだったが、私には空にしか見えないその袋の中身を敢えて訊くようなことはできなかったし、だいいちその「よく訊かれる」と語る男の口ぶりも信用できなかった。

　そこで砂時計がひっくり返された。砂は骨のように音もなく、底を失った井戸に落ちていった。問いの答えもまた見つからない。男が口笛を吹いた。私は仕方なく「いつもそうやって何を見てるんです？」と質問した。

「兄です」。男は私を見ずに空を見上げたまま答えた。「兄は脚が速かった。運動会ではいつもリレーの選手でした。中学校の体育祭の前の晩、兄は母に頼んで二メートルか三メートルほどもあるはちまきを作ってもらいました。翌日よく晴れた武蔵野の競技場の客席で、小学生だった私は、競争相手を数メートルも離して独走する兄の姿に見とれていました。はちまきは長く長く水平に伸び、美しい白の直線を風に描きました。ほら見えるでしょう？　あそこ、兄が最終コーナーを駈け抜けていきます」。

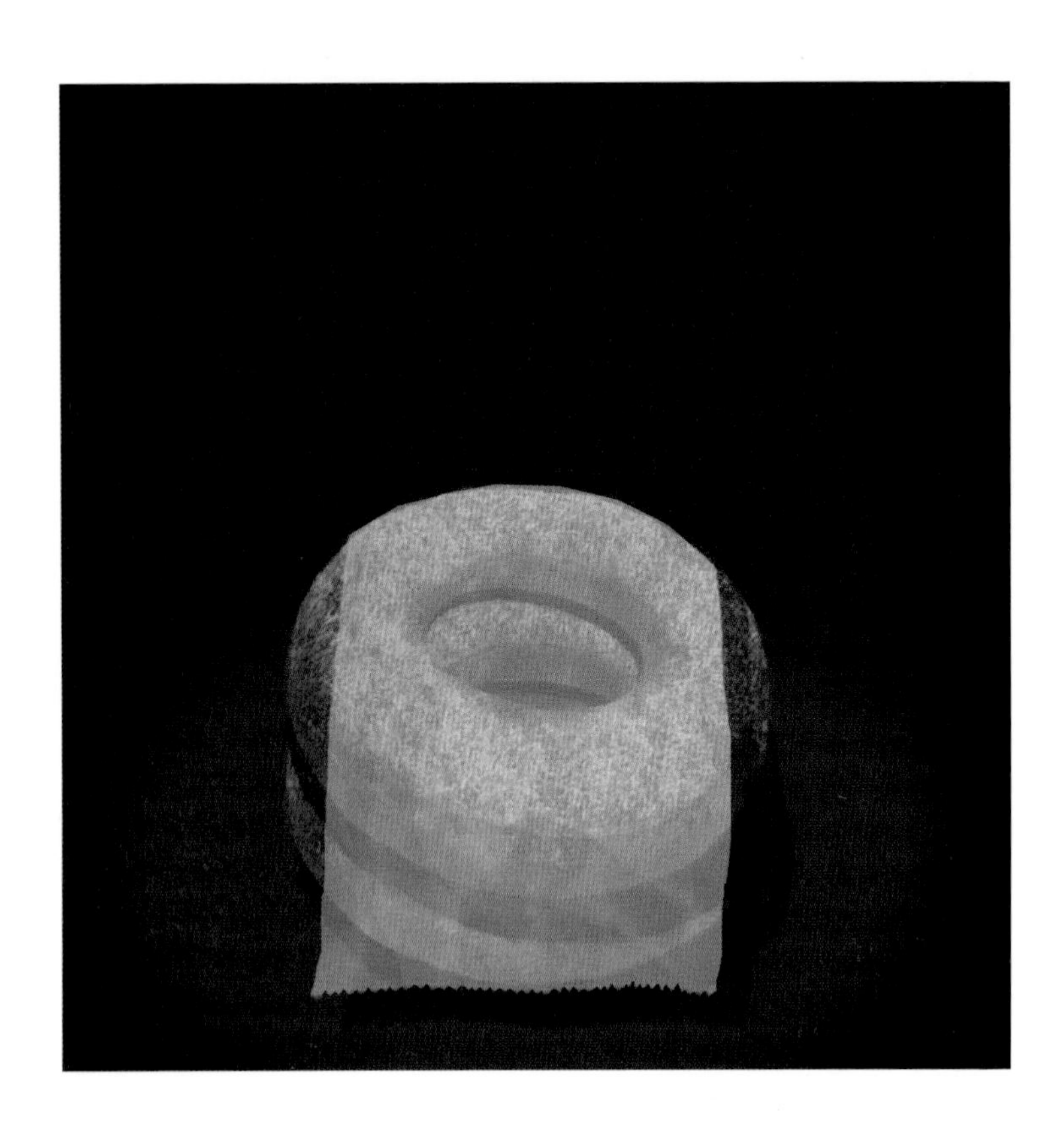

真夜中の西、夜明の東

ドーナツでいちばん美味しいのはどこ？　という投げかけがあったならば相応しい回答は畢竟「真ん中でしょ」となる。しかし真夜中の彼女は「なぜそれが真ん中なのかあなたには判るの？」と次の球を投げてくる。さあ、どうしてだろう？　空洞がなければ飽きちゃうんじゃないかな。夜明の男は試しに打ち返す。「あなたは何も判ってないのね」。真夜中の彼女はめずらしいどうぶつでも見るような目つきを夜明の男に向ける。「いい？　真ん中に穴が空いてるのは〝赦し〟なの」。そこにぽかんと浮かんだ空白と沈黙を、真夜中の彼女は愛おしそうに見つめた。

　何を、〝赦す〟んだろう？　夜明の男はそう言おうとしてやめた。話が長くなりそうだと感じたからだ。そして話を終わらせるためにこう言った。

「それは〝赦し〟じゃなくて、むしろ〝罪〟だ。つまりあらかじめ罪がくり抜かれたことによって僕らは何のお咎めもなく、しかもありがたくドーナツをいただけるということに他ならない」。

「それを〝赦し〟と言うのよ」夜明の男が言い終わらぬうちに真夜中の彼女が言った。「真ん中がくり抜かれていないドーナツは罪なたべもの。とくにこんな時間には。決してたべてはいけないの。だから今すぐ、くり抜かれたホンモノの、真のドーナツを買ってきて頂戴。揚げたてのね」。

　真のドーナツとは何味なのか考えてから夜明の男はコートを羽織った。

ダンスと観客

小さなつむじ風が起こるたびに彼女は踊った。寝そべり、ころがり、両腕を地べたに伏せながら全身で大きく呼吸し、うまくいくと宙に舞いあがってくるくる廻って見せた。「あなただと判るまで三日かかりました」。彼女がそう言った。深夜の、とくにひと気のないこんな場所を歩く者の姿などなく、それが私に向けられた音声なのは疑いようもなかった。彼女も私もこの時間を慈しむように静かにお互いの距離を保った。沈黙が言った。「それでいいの」。沈黙が応えた。「ああそれでいい」。

夜明が遠くではじまり、そろそろ家に帰らなければならない時刻だった。目を逸らした隙に彼女は地面で動かなくなった。「脳しんとうだと思います」。解説者が告げた。「動かさないほうがいいですよ」と、もそもそした声が続いた。それをまばたきで消し車のエンジンをかけると、目の前にふたたびふわっと白いものが躍り出た。両手を拡げこちらへ向かってくる様はダンスパートナーへ抱擁を請う踊り子の姿だ。「わたしの一存では決められない」。沈黙が言った。しかしフロントグラスを駈け上がりそうになったのも束の間、糸で引っ張られでもしたかのように白いドレスが車の前で急に消えた。私の車か、私の肺のどちらかが彼女を吸い込んでしまったようだ。それ以来、彼女を見かけることはなかったが、私の机の抽斗の中で、彼女によく似た白いドレスが丸めて結わえられ、増え続けている。

外間隆史（そとま・たかふみ）
1962年東京生まれ。長らくプロデュースや作曲／編曲など音楽家として活動、その後アートディレクターとしてアーティストのアルバムジャケットのデザインを数多く制作。2017年より未明編集室を起ちあげ出版活動を展開。同年、〈ポエジィとアートを連絡する叢書〉『未明01』を発行したのち、編集室を株式会社イニュニックへと移し『原民喜童話集』を刊行。
音楽作品に『裏庭』『サンビカ』『雲ノ箱』（いずれもジェマティカ・レコーズ）がある。

未明編集室

編集／デザイン／表紙・見返し画：外間隆史
編集／デザイン／写真：松本孝一

マーケティング：武藤玲

編集協力：高野夏奈

制作協力：松葉憲二
本居佳子
川口恵子（ナナロク社）
細海魚
吉岡香奈子

目次／刺繍：小松原エリ子
オビ：ボレッタ・シリス-フー

後記

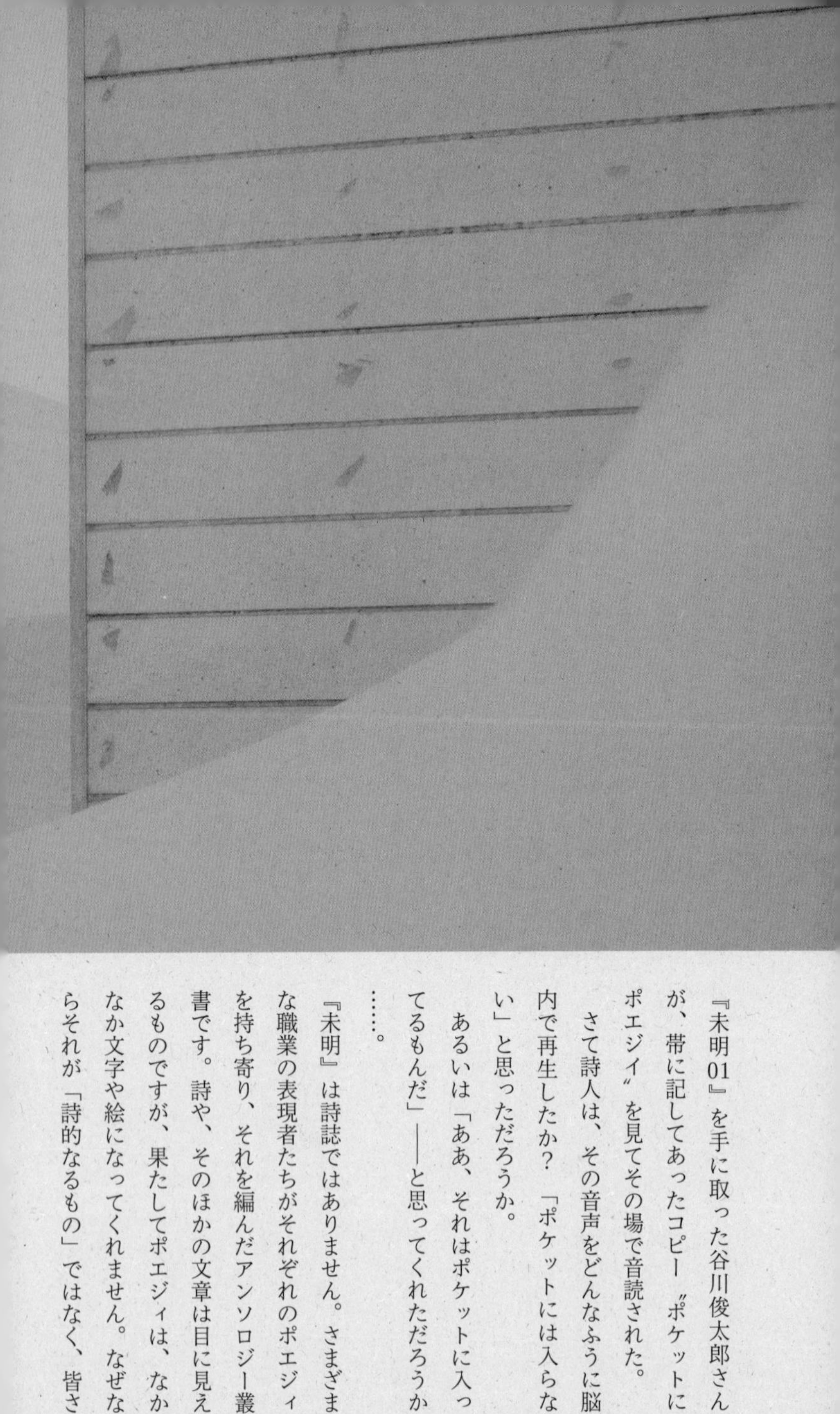

『未明01』を手に取った谷川俊太郎さんが、帯に記してあったコピー〝ポケットにポエジイ〟を見てその場で音読された。

さて詩人は、その音声をどんなふうに脳内で再生したか?「ポケットには入らない」と思っただろうか。

あるいは「ああ、それはポケットに入ってるもんだ」――と思ってくれただろうか……。

『未明』は詩誌ではありません。さまざまな職業の表現者たちがそれぞれのポエジィを持ち寄り、それを編んだアンソロジー叢書です。詩や、そのほかの文章は目に見えるものですが、果たしてポエジィは、なかなか文字や絵になってくれません。なぜならそれが「詩的なるもの」ではなく、皆さ

PHOTO: Koichi MATSUMOTO

んよくご存じの、心に起こる〈現象〉に過ぎないからです。

ここに並ぶ作家らの裡（うち）に明滅した、ほんの微かな〈現象〉を、どうぞご覧ください。それはきっと、あなたの裡にも起こるはずです。

叢書『未明』は、私たちの試みであり、問いです。〈ポエジィという目には見えない現象〉を印刷できるのかどうかという試み、そしてそれが、あなたの心の中でたったの一行でもインプリントされただろうか、という問いです。〈未明〉とは文字どおりまだ暗い時間帯のことを指しますが、この本を閉じたとき、胸の中で何かが明滅したとしたら——それがあなたの夜明です。

未明編集室

ポエジィとアートを連絡する叢書

未明02（ミメイゼロニ）

二〇一八年五月一六日　初版発行
発行者　山住貴志
発行所　イニュニック
173-0026 東京都板橋区中丸町三一—三
電話　03-6909-3110
印刷／製本　株式会社イニュニック
http://www.inuuniq.jp/
編集／ブックデザイン　未明編集室

Printed in Japan
ISBN978-4-9909902-1-3